KB150967

맛김 현대 판타지 장편소설
WISHBOOKS MODERN FANTASY STORY

책 먹는 배우님

책 먹는 배우님 1

맛김 현대 판타지 장편소설

초판 1쇄 찍은 날 | 2018년 12월 3일
초판 1쇄 펴낸 날 | 2018년 12월 10일

지은이 | 맛김
펴낸이 | 예경원

기획 | 위시북스
편집책임 | 이규재
편집 | 위시북스

펴낸곳 | 예원북스
등록번호 | 제396-2012-000132호
등록일자 | 2012. 7. 25
KFN | 제1-339호

주소 | 경기도 고양시 일산동구 호수로 646-24 위너스21II빌딩 206A호 (우)10401
전화 | 031-819-9431 팩스 | 031-817-9432
E-mail | yewonbooks@naver.com

ⓒ맛김, 2018

ISBN 979-11-89701-15-4 04810
       979-11-89701-14-7 (set)

맛김 현대 판타지 장편소설

WISHBOOKS MODERN FANTASY STORY

1

책 먹는 배우님

Wish Books

책 먹는
배우님

CONTENTS

프롤로그   7

1장 신인배우 도재희입니다   11

2장 각자의 이유로   45

3장 당신의 아들도   99

4장 보여주기   125

5장 첫 방송, 그리고   163

6장 차기작은 제가 정하고 싶은데요   189

7장 진짜 주인공은 네가 아니야   235

8장 이제 시작인걸요   261

9장 어서 와, 영화는 처음이지? (1)   301

프롤로그

매니저 형이 물었다.

"재희야, 너는 왜 대본을 항상 두 권씩 챙기냐?"

나는 대수롭지 않게 말했다.

"음, 잃어버릴 수도 있잖아요."

"아아, 하여튼 준비성 철저한 자식. 흐흐."

하지만, 거짓말이다. 내가 대본을 두 권씩 챙기는 피치 못할 이유가 있다. 두 권 중 한 권은, 촬영장에 들고 다니며 남들에게 보여주는 용도.

또 다른 하나는,

[드라마 <청춘 열차>가 흡수 가능합니다.]

[대본을 흡수하시겠습니까?]

내가 먹는 용도로 쓰인다.

나는 대본을 집어삼켜, 오로지 내 것으로 만든다. 대본에 쓰여 있는 인물, 대사, 작가의 이미지를 모두 함께 '소화'해 내는 것은, 덤이다.

··· 1장 ···

신인배우
도재희입니다

"감독님, 저 L&K 박찬익 팀장입니다. 이번에 송문교 캐스팅 건으로 연락드렸습니다."

"B팀 촬영만 하는 거죠? 여섯 시? 콜 타임이 너무 빠른 것 같은데요. 넉넉잡아도 여덟 시까지만 가도 충분할 것 같은……. 아, 무시하다뇨? 그럴 리가 있겠습니……. 여보세요? 여보, 아오, 이 새끼! 먼저 끊었어."

매니지먼트 1팀 사무실은 전화기를 붙들고 씨름을 벌이는 수많은 매니저들과, 기획 홍보팀원들이 한자리에 뒤섞여 마치 전쟁터를 방불케 했다.

그 와중에 나는 이 뜨거운 전쟁터 한가운데에서 눈치를 살피며, 대본이 쌓여 있는 원형 테이블 근처를 기웃거렸다.

"재희, 또 왔어?"

원형 테이블 바로 옆자리의 매니저 재익이 형이 나를 반겼다. 나는 고개를 꾸벅 숙이며 물었다.

"형. 뭐 새로 들어온 거 없어요?"

"대본? 저기 오른쪽에 쌓여 있는 것들이 죄다 올 상반기에 크랭크 들어갈 신작들이란다. 참나, 뭐가 이리 많은지……."

재익이 형이 가리킨 곳에는 신작 대본들이 마치 탑처럼 쌓여 있었다.

"좀 봐도 될까요?"

"뭐, 본다고 닳는 거 아니니까. 그래."

"예, 감사합니다."

나는 꾸벅 인사하며 대본이 쌓여 있는 일명, '책 탑'으로 다가갔다.

로맨스, 로맨스 코미디, 청춘 성장물, 사극, 스릴러 등등. 영화, 드라마가 대다수, 이따금 뮤지컬과 대형 상업극의 대본도 섞여 있다. 장르를 가리지 않고 쌓여 있는 이 대본들은, 이렇게 모여서 자신에게 꼭 맞는 주인공을 기다린다.

그나저나, 많기도 하다.

하지만 이 많은 대본들 중에서 내 것은 단 하나도 없다.

당연한 일이다. 데뷔라고 해봐야 아침드라마에서 고작 원 샷 하나 잡힌 이미지 단역에게, 누가 피 같은 대본을 보내겠는가?

하지만 상관없었다. 그 누구도 내게 대본을 읽어보라 말하지 않았지만, 나는 꿋꿋이 그 자리에 서서 대본들을 훑어보기 시작했다.

"······그렇게, 이 쌍문동 저녁 거리에서 너를 보았다······."

아직 주인공이 정해지지 않은 이 따끈따끈한 신작들을 이렇게 읽고 있으면, 마치 촬영장에 주연으로 와 있는 듯한 착각에 빠져들곤 한다.

이 배역을 내가 연기하지는 못하지만, 이런 식으로 매력 있는 작품을 만나면 또다시 달려갈 수 있는 원동력은 얻게 된다.

그때, 배부른 투정이 귀에 꽂혔다.

"아 또 로맨스야 왜에! 나 스릴러 하고 싶다니까? 연기력 좀 화끈하게 터뜨릴 수 있는, 어? 그런 걸로 잡아오라고!"

"문교야. 형 한 번만 믿자. 이번에는 진짜 원톱이라서 존재감 엄청날 것 같다니까? 이번 드라마 끝나면, 꼭 내가 스릴러 하나 따줄게. 정말로!"

L&K 간판 배우 중 한 명인 송문교.

흥행 스코어 96만, 46만.

최근에 영화 두 작품을 연달아 말아먹었지만, 여전히 대본이 끊이질 않고 들어오는 데뷔 3년 차의 핫한 배우였다.

그가 잔뜩 거드름을 피우며 말했다.

"형, 내가 전작 시작할 때부터 말했잖아. 나 로맨스 지겹다니까. 언제까지 사랑 타령만 하겠냐고?"

"……."

누구는 하고 싶어도 못하는데, 누구는 뻥뻥 걷어차 버리고 하고 싶은 것만 하고자 한다.

내 시선을 느꼈을까, 그만 송문교와 눈이 마주쳐 버렸다.

"……."

나는 황급히 고개를 돌렸지만 송문교의 차가운 눈빛이 내 뇌리에 꽂혔다. 송문교의 눈은 마치, '네가 여기서 뭐 해'라고 묻고 있는 것 같았다.

송문교, 나와 동갑내기이자, 연습생 생활을 함께했던 송문교는 어느새 매니저 형을 쩔쩔매게 만들며 자신이 하고 싶은 작품을 요구하는 위치에 올라 있었다.

나와는 정 반대다. 그리고 이제는 나 같은 놈은 알지도 못한다는 듯, 묘한 비웃음과 함께 아는 척조차 하질 않는다. 눈빛 하나만으로, 너와 나는 다른 세계에 살고 있다고 말하고 있다.

X발.

나는 고개를 돌려 버렸다.

내 얼굴에 질투심 섞인 부러움, 이런 비루한 감정을 내비치면 송문교는 승리자의 쾌감을 느낄 테니까. 그런 도발에 말려들 필요 없다.

"그럼 형, 수고하세요."

"어어 수고해."

나는 대본을 원형 테이블 위에 내려놓고는 발걸음을 옮기려 했다.

그런데, 이상한 일이 일어났다.

[대본을 흡수하시겠습니까?]

대본이 내게 말을 걸어왔다.

……뭐, 뭐지?

나는 황급히 주위를 두리번거렸다.

곁에 있던 재익이 형은 연신 달력에 무언가를 표기하느라 정신없었고, 주위의 그 누구도 내게 말을 건 사람은 없었다.

그때, 다시 똑같은 목소리가 들려왔다.

[드라마 <청춘 열차>가 흡수 가능합니다.]

……처, 청춘 열차?

내가 손에 들고 있던 대본이 바로 <청춘 열차>였다.

제작사 파랑새미디어에서 제작하고 SBC에서 방영하는 16부 작 미니시리즈로, 빌어먹을 송문교가 주연으로 내정되어 있는 드라마였다. 대략적인 내용은 송문교가 하기 싫다고 칭얼거리는, 20대 대학생들의 사랑을 그린 청춘 로맨스.

나는 떨리는 손으로 다시 대본을 들어 올렸다. 그러자, 똑같은 목소리가 들려왔다.

[대본을 흡수하시겠습니까?]

털썩!

나는 테이블 의자에 주저앉아 버렸다.

……이, 이게 뭐야.

뭔지 모르겠지만 대본이 말을 하고 있었다. 오직 내게만 들리는 목소리로.

아니, 잠깐만. 이거 꿈인가?

"왜 그래?"

재익이 형의 질문에 나는 벙찐 얼굴로 고개만 가로저었다.

"아, 아니에요. 근데 형. 이 대본, 연습실에서 좀 보고 와도 될까요?"

"무슨 대본? 아, '청춘 열차'? 그거 많아. 가져도 돼. 대신, 책 간수 잘해야 하는 거 알지? 어디 새어나가기라도 하면 골치 아파진다."

"네, 물론이죠."

"쯧, 이렇게 열심히 하는 네가 팀장님들 눈에 띄어야 하는데…… 그럼 열심히 하고. 수고."

나는 허둥지둥 〈청춘 열차〉 대본을 손에 꼭 쥔 상태로 사무실을 빠져나와 복도를 걸었다.

[대본을 흡수하시겠습니까?]

여전히 내게 묻고 있었다.

나는 혹시나 이 대본만 이런 것일까 싶어, 연습실에 비치되어 있는 다른 대본을 들어보았다.

[드라마 <우물왕자>가 흡수 가능합니다.]
[영화 <악인에 산다>가 흡수 가능합니다.]
[영화 <복수의 제왕>이 흡수 가능합니다.]

"나 미친 건가……."

침을 꿀꺽 삼켰다.

비단 〈청춘 열차〉뿐만이 아니었다. 모든 대본이 내게 말을 걸어왔다. 흡수하겠냐고. 그런데, 난데없이 흡수라니?

[대본을 흡수하시면, 대본에 기재된 모든 배역에 100% 녹아들게 됩니다.]

대본 안의 캐릭터로 살아갈 수 있다고 말하고 있다.

아무리 생각해도 나는 미치지 않았으며, 지금 상황은 꿈도 아니다.

……젠장.

나는 될 대로 되라는 심정으로 속으로 흡수하겠다고 외쳤다.

그러자, 놀라운 일이 벌어졌다.

책이 촤르르 펼쳐지더니 이내, 환한 빛을 내뿜으며 나를 집어삼켰다. 그리고 기적과도 같은 놀라운 일이 일어났다.

〈청춘 열차〉에 등장하는 배역들의 정보, 삶, 과거, 심정, 외형적 특징, 작가가 표현한 이미지 등등 책 대본에서 확인할 수 있는 모든 것들이 빛무리와 함께 내 머릿속에 들어오는 기이한 경험이었다.

"후, 아!"

빛무리가 사라지자 나는 크게 호흡을 내뱉었다.

"책이 사라졌어?"

책이 사라지며, 그 안에 있던 모든 정보와 대사가 모두 내 머릿속에 새겨졌다. 그리고 마치 내가 원래 하고자 했던 말인 양, 입에서 대사가 술술 나오기 시작했다.

"네 말대로 강혁이가 내 친구니까 눈에 보이는 게 없을 지경이었지. 동네에서는 나를 건드리는 사람도 없고, 비싼 오토바이 타고, 술 먹고 담배 피우면 계집애들이 따라다니고. 완전 내 세상이었지. 근데 그거 알아?"

대사가 점점 뒤로 갈수록 도파민이 분비되는 찌릿찌릿한 경험을 했다. 이 힘은, 심장이라는 엔진을 계속해서 강하게 두드리며 나를 절정으로 이끌고 있었다.

"그 틈바구니에서도 나는 달랐어. 잘나가는 강혁이가 내 친구지만, 나는 애비 없는 후레자식에 시장에서 떡볶이 파는 미혼모의 아들이고, 스무 살이 된 지금, 동일 선상에 있는 줄만 알았던 김강혁이와 내가 사는 세상은 철저하게 다르다고."

토씨 하나 틀리지 않고, 정확하다. 거기다 마치 내가 가진 능력에서, '이우진'이란 이 배역의 한계를 모두 끌어올린 것처럼 발성도, 화술도 한참 업그레이드되어 있었다.

"……이, 이건 정말……."

상식적으로 불가능한 일.

나는 내 머릿속에 완벽히 각인된 〈청춘 열차〉 속의 인물들에 대해 떠올렸다. 이건 진짜다. 내게 청춘 열차의 어떤 배역이라도 연기할 기회를 준다면, 그 누구보다 잘 소화해 낼 자신 있었다.

"……가능해."

이 영화 같은 능력이 어떻게 내게 주어졌는지는 모르지만, 확실한 것은 이 능력이면 나도 성공할 수 있다.

신인배우란 외롭다.

아이돌처럼 수가 많지도 않고, 회사의 힘을 빌려 데뷔하는 꿈을 꾸기보다는, 바늘구멍 같은 오디션 기회를 스스로 쟁취할 수 있는 개개인의 역량이 더 중요하다.

물론, '끼워 팔기'를 통해 톱스타 한 명을 팔아주며 그 조건으로 신인배우 한두 명씩 작품에 꽂아 넣는 특별한 '기회'도 존재하지만, 그 역시 이미지가 맞아야 하고 감독의 눈에 들어야 한다.

이번에 우리 회사 L&K에서는 송문교를 〈청춘 열차〉의 주인공인 이우진 역할로 집어넣으며, 총 세 명의 배역 T.O를 더 가져왔다. 비중 있는 남자 조연 역할 하나와 고정 단역 남녀 한 명씩.

하지만 이 또한 회사 내부에서는 어느 정도 낙점된 인물들이 존재했고, 나는 거기에서 철저하게 배제되어 있었다. 그 누구도 〈청춘 열차〉의 오디션을 보라고 내게 권하지 않았다. 나는 아직 회사에 내 실력에 대한 그 어떤 확신도 주지 못했기 때문이다.

하지만, 이제부터는 조금 달라질 것이다.

"팀장님, 바쁘세요?"

"응? 재희구나. 무슨 일이야?"

박찬익.

매니지먼트 1팀의 팀장이자 L&K의 배우팀에서 어미 새 역할을 하는 인물로 송문교, 임주원을 비롯한 회사에서 요즘 가장 핫한 배우들의 스케줄을 담당한다.

물론, 이번에 들어가는 미니시리즈 〈청춘 열차〉의 배역도 박찬익이 따왔다.

"청춘 열차 때문에 그러는데요."

"응? 그건 왜?"

"이번에 신인 배역으로 T.O 세 자리 나왔다고 하던데…… 인원 확정되었나요?"

즉, 박찬익 팀장의 추천이 있어야 〈청춘 열차〉 감독 앞에서 오디션을 볼 수 있다.

"왜? 너도 관심 있어?"

"네."

박찬익 팀장은 일에 대해서는 매우 공정한 편이다. 기회를 얻고 싶다고 의사를 표현하면, 인지도와 관계없이 부여해 주는 편이다.

하지만 그가 약간의 우려를 표했다.

"오디션이야 감독님이 보시니까 나는 상관없긴 한데…… 문교가 주연으로 들어가는 드라만데, 괜찮겠어?"

송문교와 나는 함께 무명 시절을 겪었던 동기다. 만약 함께 작품에 들어가게 되면, 내가 불편해질 수밖에 없다는 것을 미리 말해주고 있었다.

하지만 나는 고개를 끄덕였다.

"상관없어요."

"음, 날짜가 조금 촉박하긴 한데, 내일모레거든? 대본은 읽어봤어?"

"읽어봤어요."

"적극적인데, 좋아! 어떤 역할이 마음에 드는데?"

"'김도훈' 역할에 지원하고 싶은데요."

〈청춘 열차〉에서는 2명의 남자 주인공이 등장한다. 이우진 역과 김강혁 역. 이우진이 원탑 주연이고 김강혁은 일종의 서브 남주인 셈인데, 내가 말한 '김도훈' 역할은 남주들의 고교 동창으로, 이야기의 또 다른 한 축을 담당하는 비중 있는 조연이다.

"김도훈?"

박찬익 팀장의 눈이 약간 가늘어졌다. 그는 기회를 주는 데 있어서 공정한 편이지만, 현실적인 사람이기도 하다.

그의 눈빛은 내게 말하고 있었다.

'너, 욕심부리지 마.'

그만큼 회사에 내가 보여준 역량은 턱없이 부족하다. 아니, 실은 역량을 보여줄 만큼 기회를 얻지 못한 것이지만, 그런 말은 굳이 꺼내지 않았다.

박찬익이 진지하게 말했다.

"물론, 재희 네가 연기에 대한 열정이 많고, 비주얼도 좋고 이미지도 뚜렷한 점은 강점이야. 근데, 단점도 명확해. 너도 알지?"

"……."

"그 역할은 1회에서 16회 모두 출연하는 고정 역할이야. 대사량도 제법 있는 편이고, 다른 부분에서 러브 라인도 있는 캐릭터야. 조금 벅차지 않겠어? 차라리 다른 역할 오디션을 봐서 카메라에 익숙해지는 게 어때?"

"오디션만 보게 해주세요."

나는 최대한 간절함을 담아 말했다.

"마지막이라는 생각으로 도전하고 싶어요."

이건 진심이었다. 물론, 연기에 쏟아부었던 지난 시간이 헌신짝처럼 버릴 수 있는 가벼운 것들은 아니었지만, 100% 대본을 흡수할 수 있는 능력을 갖췄음에도 내가 실패한다는 것은, 내가 가지고 있는 연기에 대한 재능이 그만큼 부족하다는 뜻일 테니까.

나로서는 일종의 배수의 진을 친 셈이다.

"정말 열심히 준비할 자신 있어요."

박찬익 팀장은 그런 나를 잠시 물끄러미 바라보더니, 이내 고개를 끄덕였다.

"그래, 좋아. 네 뜻이 그렇다면."

허락이 떨어졌다.

물론, 오디션에만 넣어주겠다는 것이지만.

"감사합니다."

"그래, 열심히 해. 벅찬 기회다. 열심히 해서 잘 잡아 봐."

나는 자리에서 일어나려다가 옆에서 들려온 목소리에 고개를 돌렸다.

"재희 형도 '청춘 열차' 오디션 보시나 봐요?"

"어?"

데뷔 2년 차인 임주원이었다.

"오, 주원아. 촬영 벌써 끝나고 온 거야?"

나와 대화할 때와는 다르게, 박찬익 팀장의 목소리가 하이톤으로 높아진다.

하지만 임주원은 대수롭지 않다는 듯 말했다.

"예. 간단한 거였는데요, 뭘."

키는 작지만 누나들의 사랑을 독차지할 것 같은 귀여운 외모에, 새하얀 피부를 가진 매력적인 배우. 요즘 L&K에서 가장 밀어주고 있는 신인 유망주인 임주원은, 회사 입장에서 효자 역할을 톡톡히 하고 있었다. 오디션을 봤다 하면 스텝들에게 확실한 눈도장을 꾹꾹 찍고 배역을 물어온다.

그렇게 활동한 지 2년 만에, 곧 있으면 주연으로 데뷔할 것이라는 소문까지 들릴 정도다. 말아 먹은 오디션이 몇 개인지 셀 수도 없는 나와는 여러모로 위치가 다른 녀석이다.

임주원이 내게 물었다.

"'청춘 열차'의 김도훈, 그 역할 오디션 보시게요?"

"어? 어."

"저도 그 오디션 보는데, 김도훈 역할로. 저랑 경쟁하시겠네요? 우리 열심히 해봐요."

그는 매력적인 눈웃음을 지으며 악수를 청했다. 나는 그 손을 맞잡으며 고개를 끄덕였다.

"그래."

하지만 나는 알고 있다. 이 새끼가 얼마나 싸가지 없는 새끼인지.

그때 임주원은 슬며시 입가에 미소를 짓고 있었다. 마치 '네가?'라고 비아냥거리는 것 같았다.

이곳은 그런 세계다.

실력 없으면, 선배고 후배고 다 필요 없는 세계.

이미지 좋고 연기만 잘한다면 10년, 20년 선배들을 재껴도 아무 말도 못 하는 차가운 세계.

"재희, 긴장 좀 해야겠어? 호호호. 어쨌든, 둘이 선의의 경쟁 한번 잘해 봐."

박찬익 팀장이 나와 임주원의 어깨를 두드리며 말했다.

그래. 촬영도 없이 매일 사무실, 연습실에만 죽치고 있는 내가 후배들에게 어떻게 보이는지는 아주 잘 알고 있다.

하지만 이제는 조금 다르다. 〈청춘 열차〉 1회 대사는 눈을 감고도 술술 외울 만큼 머릿속에 꽉 차있고, 김도훈의 캐릭터로 움직이라고 해도 디테일을 모두 잡을 수 있을 만큼, 다양한 움직임들이 떠오른다.

나는 선배로서 내가 지을 수 있는 가장 쿨한 웃음을 지어 보이며 말했다.

"잘해보자."

그래, 한번 해보자.

〈청춘 열차〉의 오디션을 보는 인원은 나를 포함하여 남녀 신인배우들만 일곱 명이었다.

그중에서 임주원은 일종의 '연예인'이다. 임주원은 KTN의 주말, 일일드라마에 조연으로 자주 출연했는데, 감독님들이나 조연출과도 인연을 만들어 이제는 오디션을 따로 보지 않아도 섭외가 들어올 정도였으니까.

내 입장에서는 임주원이 KTN에서 일일드라마나 계속했으면 좋았겠지만, 본인이 미니시리즈를 하고 싶어 하는 입장이었기 때문에 본의 아니게 경쟁자가 되었다.

"형, 준비 많이 하셨어요?"

"어? 그냥, 뭐."

"아아, 형은 준비할 시간 많아서 좋으셨겠어요. 저는 일일 촬영 때문에, 대본도 제대로 못 봤는데."

"……."

아, 그러세요? 이 부러운 새끼. 결국, 지 일 많다고 자랑질이다.

오늘은 오디션이다. 우리는 청담동 샵에서 메이크업을 마친 후, 로드매니저가 사다 준 김밥을 점심으로 간단히 먹고 오후 2시에 SBC에 도착했다.

5층의 드라마국으로 올라와 보니 복도에는 오디션을 위해 온 다른 기획사의 배우들이 가득했다.

여자 신인배우인 조슬혜가 입을 쩍 벌리며 말했다.

"이게 전부 경쟁자야?"

"아니요. 다른 배역 오디션도 같이 진행한대요."

우리가 잠시 멀뚱히 서서 기다리자 로드매니저는 어디론가 전화를 걸었고, 곧 박찬익 팀장과 캐스팅디렉터가 걸어 나왔다.

캐스팅디렉터가 우리를 바라보더니 박찬익 팀장에게 말했다.

"저 친구들이야?"

"예"

"인물들은 하나같이 좋네. 좋아, 저기 들어가서 잠시만 기다리고 있어."

캐스팅디렉터의 안내에 따라 나와 L&K 신인배우 모두 '소회의실'이라고 적힌 대기실로 들어섰다. 모두 안으로 들어오자 먼저 SBC에 도착해 있던 박찬익 팀장이 우리를 불러 모았다.

"메이크업 예쁘게들 했네? 긴장들 하지 말고. 자, 일단 전달할 얘기가 있다."

모두의 시선이 박찬익 팀장에게 꽂혔다. 박찬익 팀장은 종이 뭉치를 여러 장 들고 있었다.

"지금부터 읽어봐."

종이에는 김도훈 역을 포함한 〈청춘 열차〉 단역들의 대사가 적혀 있었다.

"이게 뭔데요?"

"지정연기다."

지정연기라는 말에 조슬혜가 약간 발끈하듯 물었다.

"자유연기, 안 봐요?"

"어. 오전부터 오디션 시작했는데, 생각보다 시간이 너무 딜레이 되고 있어서 자유연기는 생략하고, 지정 대사만 보기로 했다."

"네?"

"오늘 오전 9시부터 오디션만 보셨단다. 감독님은 점심 식사도 못 하시고 오디션만 보고 있어. 우리가 이해해야지."

하지만 조슬혜는 자유연기를 많이 준비해 왔는지, 조금 불안한 표정이었다.

"아, 그래도요. 자유연기 본다고 해서 그거 얼마나 준비 많이 했는데요. 나, 이거 진짜 하고 싶은데."

대사는 〈청춘 열차〉 1회에서 4회 사이에 나오는 분량이었다. 조연과 단역들의 대사라 그런지, 대사량이 많지는 않았다.

하지만 상대방과 주고받는 대사들이라 상대방의 대사도 숙지가 필요한 상황이다.

임주원도 조금 당황했는지, 입술을 물어뜯으며 박찬익 팀장에게 물었다.

"이거, 꼭 다 외워야 하나요?"

"꼭 외울 필요는 없고, 보면서 해도 돼. 항상 신인들한테 하는 말이지만, 어설프게 외워서 연기 망치지 말고, 차라리 보고 제대로 해."

조슬혜를 비롯한 다른 신인배우들은 황급히 종이를 붙들고 집중하기 시작했다.

하지만 이내 불안한 탄식이 터져 나왔다.

"난감하네, 정말."

"근데 이게 무슨 상황이지?"

1회 대본만 간단하게 읽어보고, 2회는 아예 읽지도 않는 배우도 많았다. 이는 어찌 보면 당연한 일이다. 자신이 들어갈지 안 들어갈지도 모르는데, 총 4권의 책 대본을 모두 읽고 분석하는 배우가 몇이나 있겠는가.

그에 반해 나는.

"……."

머릿속에 인이 박인 것처럼 선명한 대사들을 드라이하게 떠올리며, 마인드 컨트롤에만 집중했다.

대사와 상황들은 모두 머릿속에 있다. 떨지만 않으면, 잘할 수 있을 것이다.

그때, 문이 열리며 FD와 함께 캐스팅디렉터가 안으로 들어섰다.

"찬익아 시작하자. 먼저…… 조슬혜?"

오디션이 시작되었다.

조슬혜의 오디션은 단 5분도 걸리지 않고 금방 끝났다.

"아, 망했다."

들어오면서도 연신 한숨을 뻑뻑 내쉰다.

"무슨 자유연기도 못하게 하냐고!"

자유연기에 대한 갈망이 컸던 모양이지만, 글쎄. 오디션을 골백번은 더 다녀본 입장에서 말하자면, 그건 오디션 현장에 따라 철저하게 다르다.

연극영화과 대학 입시에서조차 자유연기를 안 보는 곳도 있다. 왜냐고? 자유연기 하나만 몇 날 며칠을 준비해서 '오! 제법인데?' 같은 긍정적인 반응을 심사관으로부터 끌어낸 배우들을 막상 생방송이나 다름없는 치열한 실제 현장에 내놓으면 버벅거리는 경우가 종종 있으니까. 물론, 내가 할 말은 아니지만.

"괜찮아, 잘했을 거야."

박찬익 팀장은 그런 조슬혜를 연신 다독여 주었다.

하지만 다른 배우들의 상황도 별반 다르지 않았다.

"언니한테도 질문했어요?"

"무슨 질문?"

"대본 읽어는 봤냐고."

"푸하! 너한테 그런 질문을 했어? 얼마나 죽 쒔으면 그런 질문을 받냐? 적당히 센스 있게 했어야지."

"아, 쪽팔리게……."

"제 대사는 다 들어보지도 않고 끊었다고요."

풀 대본을 읽어보지 않았다면, 헷갈릴 만한 부분이 분명 존재한다. 이를테면 3회 대사 중 이런 대사가 있다.

'반지하? 나는 반지하도 운치 있고 좋던데?'

금수저 물고 태어난 여자 캐릭터가 정말로 반지하 집이 좋아서 이런 말을 했겠는가? 여기서는 '너와 함께라면'이라는 전제가 붙는다. 이것도 모르고, 푼수같이 헤벌쭉 웃으며 '나는 반지하도 좋아!'라고 외친다면, 서브 텍스트도 이해하지 못하는 바보 배우로 찍히기 일쑤다.

다수의 신인이 '탈락'을 예감하며, 오디션장에 대해 평가했다.

"다들 왜 이렇게 차가워?"

특히 감독님의 눈빛이 너무 차갑다며, 벌써부터 나를 겁주기 시작한다.

으으, 긴장돼.

그에 반해 임주원은 여유로웠다.

"확정된 배우는 많대요? 일단 문교 형이 주연 확정이고⋯⋯ 아, 그럼 회식은 며칠 안에 하겠네? 촬영 스케줄이랑 겹치지만 않았으면 좋겠는데."

마치 자신은 반드시 붙을 것이라고 확신이라도 하는 듯 보였다. 그리고 임주원이 오디션을 마치고 돌아왔을 때는, 확실히 다른 사람들보다 표정이 좋아 보였다.

"잘 봤나 보네?"

박찬익 팀장의 질문에 임주원이 알 듯 모를 듯 의미심장한 미소를 지으며 말했다.

"여기 제작 PD님이 '힘쎈 삼복이' 보셨더라고요. 저 알아보시던데요?"

"아 정말?"

"예. 연기 끝나니까, 드라마 잘 보고 있다고 하시더라고요."

"이야, 느낌 좋은데!"

"역시! 주원이 오빠는 붙을 줄 알았어."

"……"

오직 나를 빼고는 모두들 축제 분위기다. 나 혼자 뚱해 있을 수는 없어서, 적당히 웃으며 장단을 맞춰주었다.

하필 차례가 마지막이라 더욱 긴장된다.

그때, 회의실 문이 열리며 캐스팅디렉터가 안으로 들어왔다.

"다음, 도재희?"

"아, 네."

나는 자리에서 일어났다.

"잘 보고 와."

박찬익 팀장의 형식적인 인사에 고개를 끄덕이며 회의실을 나섰다. 회의실에서 불과 10m도 떨어져 있지 않은 드라마 사무실이 멀게도 느껴진다.

"경력은 많지 않구나?"

내 프로필을 간략하게 훑어보는 캐스팅디렉터의 질문에 내가 고개를 대충 끄덕였다.

"대학 다닐 때 연극 조금 하긴 했었는데……."

"연극은 말고."

"아, 네."

"너무 긴장하지 마. 알겠지?"

그러고는 내 어깨를 두어 번 두드려 주고는, 사무실의 문을 열었다.

사무실에서는 이미 수많은 배우들의 오디션을 보았기 때문인지, 후끈후끈한 열기가 나를 덮쳐왔다.

하지만 금방 그 열기는 차갑게 변했다. 분위기 자체가 따뜻하지 않았다.

기다란 사각형의 테이블이 뒤에 일렬로 놓여 있었고, 테이블 위에는 수많은 배우들의 혼이 담겨 있는 프로필들이 지저분하게 놓여 있었다.

구석에 놓여 있는 카메라 한 대와 앉아 있는 사람은 얼핏 대여섯 명 정도. 제작 PD와 조연출, 그리고 감독님도 보였는데, 나는 한눈에 누가 감독님인지 알아보았다.

그는 가운데에서 매의 눈으로 나를 위아래로 훑고 있었는데, 내가 쭈뼛거렸기 때문일까, 처음부터 시선을 돌려 버린다.

어쩐지 분위기가 좋지는 않다.

"도재희입니다."

내 간략한 인사에 대답한 사람은 맨 왼쪽에 앉아 있는 조연출로 보이는 30대 초반의 남자였다.

"네…… 도재희 배우님. 음, 쪽 대본은 받으셨죠?"

조연출의 질문에 내가 대답했다.

"네."

"그런데, 안 들고 계시네요? 놓고 오셨나 봐요?"

"아…… 그게, 외웠습니다."

"네?"

"대사, 다 외웠습니다."

"……아."

내 말에 조연출의 입꼬리가 살짝 올라갔다. 그리고 돌아갔던 감독님의 시선이 다시 제자리를 찾았다. 하지만 아주 무표정한 얼굴로 내게 말했다.

"김도훈 역에 지원하셨는데, 대사량이 적지 않은데 다 외웠나요?"

"네."

"보고 하셔도 무방합니다만. 어쨌든, 그럼 한번 볼까요?"

아주 중저음의 차가운 목소리다. 안경 너머로 보이는 매서운 눈빛부터 예사롭지 않다고 생각하긴 했는데, 역시.

나는 가볍게 눈을 감고 머릿속에, 그리고 내 몸, 손가락 하나하나에 들어 있는 '김도훈'을 끄집어 올렸다. 그리고 그 김도훈이라는 역할은 내 발끝에서부터 서서히 올라와 이내 분출되기 시작했다.

"1회 17신(scene)부터 읽겠습니다."

조연출이 상대방 대사를 드라이하게 읽기 시작했다. 그리고 나는 그 대사를 한 올 한 올 음미하며, 받아쳤다.

비록 조연이라 할지라도 메인 스토리 뒤편에서 자기 나름의 서사를 가지고 있는 인물이다. 남주 비중으로 따지자면, 세 번째.

대본에 기재되어 있는 굵직한 이미지들은 동물처럼 반응했으며, 대본에 없는 특징들은 김도훈과 '도재희'라는 내가 만나 상호작용을 일으키듯 생성됐다.

"다음은 2회 6신입니다."

그리고 신이 하나하나 진행될수록, 얼어붙은 듯 차가웠던 오디션장의 분위기가 점차 따뜻해지는 것을 느낄 수 있었다.

"다음은 3회 25신."

저 사람들 눈에 내가 어떻게 보일까, 깊게 고민하지 않아도 연기를 진행하면서 나는 확신할 수 있었다.

'이거 될지도 모르겠다.'

감독님의 입에는 아주 작지만 미소가 걸려 있었고, 감독님 옆자리에 앉은 40대의 여인은 귀여운 막내아들의 재롱잔치라도 보듯, 아주 크게 함박웃음을 지으며 나를 바라보고 있었다.

"마지막 신입니다. 4회 33신."

4회는 '김도훈'이 아주 매력적인 역할이라는 것을 어필하는 장면이 있다.

담담하게 시작하는 대사는 점차 폭발력을 가지고, 종장에는 열과 성을 토해내는 장면, 흡입력 있는 연기가 필요한 장면이었다.

내가 연기를 마쳤을 때는 감독님의 입이 아주 살짝 벌어져 있었다. 마치 '오!'라고 감탄사를 보이려다 황급히 입을 닫는 것 같은 모습이었다.

"잘 봤습니다."

그리고 아주 짧은 감독님의 마무리와 동시에, 박수가 터져 나왔다. 그건 감독님의 옆자리에 앉아 있던 40대 여자에게서 나온 박수였다.

"와! 정말 소름 돋았어요."

나는 무리 없이 저 여자가 누군지 알 수 있었다. 오디션 장에서 감독님 옆자리에 앉아 있으며, 감독님이 코멘트를 하지도 않았는데 탄성을 내지를 만큼 영향력 있는 여자.

작가다.

"어떻게 미세한 부분까지 캐치해 냈죠? 1회에서 '이별에 대한 아픔, 겉으로 드러나는 질환이 있다'라는 문장이 있는데, 감정이 커질 때 눈을 습관적으로 껌뻑이면서 약간 틱? 그런 걸로 표현하신 거 맞죠?"

작가의 질문에 내가 고개를 끄덕였다.

"네, 생각하신 이미지가 어떤지 몰라, 제 마음대로 해보았습니다. 불쾌하셨다면 죄송합⋯⋯."

"훌륭해요. 제가 글을 쓰면서 그리던 이미지가 바로 그런 이미지였어요."

작가의 극찬에 제작 PD를 포함하여 조연출의 입이 환하게 밝아진다. '드디어 찾았어'라고 말해주는 것 같은 느낌이었다.

하지만 아직 감독님의 코멘트는 나오지 않은 상황. 나는 최대한 담담하게 감정을 숨기며 기다렸다.

감독님이 입을 열었다.

"대사, 언제 다 외웠어요?"

"이틀 전에 다 외웠습니다."

"⋯⋯그래요?"

감독님이 캐스팅디렉터를 바라보았고, 캐스팅디렉터가 말했다.

"어어⋯⋯. 각 기획사에 4회 완고까지 다 보낸 게 이틀 전이거든요? 그럼, 하루 만에 다 외운 셈이네?"

공교롭게도 그런 셈이다. 대사 못 외워 온 친구들아, 미안.

"대단하네요. 대사 외우는 것도 그렇고, 분석하는 것도 그렇고. 수준급인데?"

제작 PD가 은근히 나를 치켜세웠고, 드디어 감독님의 입에서 칭찬이 흘러나왔다.

"훌륭하네요. 잘 봤어요."

짧지만, 내게 있어 더없이 강렬한 칭찬이었다.

'잘 봤어요'라는 말이 감독님의 약속된 엔딩멘트였는지 캐스팅디렉터가 자리에서 일어나며 나를 안내해 주려 했지만, 감독님이 막아섰다.

"한 가지만 더 물어볼게요."

"아, 네. 말씀하십시오. 감독님."

캐스팅디렉터는 황급히 자리에 앉았고, 나 역시 얼떨떨한 얼굴로 자리에 앉았다.

감독님이 물었다.

"지금 보니까 '김도훈' 역할에 대해 아주 충실하게 분석한 것 같은데…… 만약 대사가 조금 늘어나거나, 캐릭터 자체가 바뀌어도 해낼 수 있어요?"

이 질문, 어쩐지 느낌이 좋다.

나는 자신 있게 고개를 끄덕였다.

"물론입니다."

그러자 처음으로 감독님의 입에서 환한 미소가 걸렸다.

"평소 때와 연기할 때의 눈빛이 180도 달라지는 것이 마음에 드네요. 좋아요, 나가보세요."

"감사합니다."

나는 꾸벅 고개를 숙이며 자리에서 일어났다. 캐스팅디렉터가 나를 문밖까지 안내해 주었고, 마지막 차례라 그런지 회의실로 돌아가는 것은 나 혼자였다.

"수고했어."

내 어깨를 두드리는 캐스팅디렉터와, 닫히는 문 너머로 들리는 소리는.

"어디서 저런 배우가 튀어나왔지?"

"데뷔한 지는 꽤 되었는데, 왜 이제껏 몰랐을까요?"

이런 대화들이었고, 이내 문이 닫혔다.

나는 그 자리에 우두커니 서서 이들의 대화를 더 엿듣고 싶은 충동에 사로잡혔지만, 발걸음을 옮겼다.

기분이 이상했다.

내가 이제껏, 연기자 생활을 하면서 이런 극찬을 받아본 적이 있던가. 만약 여기서 떨어진다고 해도, 더 이상 아쉬울 것 없을 만큼 좋은 시간이었다.

회의실로 돌아가자 박찬익 팀장을 포함하여 후배들이 내 등장을 주시했지만, 모두들 그다지 기대하지 않는 눈초리였다.

그저, 담담하게.

"꽤 오래 걸렸네?"

라고 말할 뿐이었다.

나도 대수롭지 않게 대답했다.

"그런가요."

··· 2장 ···

각자의 이유로

오랜만에 회사에서 나와 문성이 형을 만났다.

이문성.

나와 L&K에서 함께 브라운관에 데뷔하며 오랜 무명 시간을 함께 버텼던 형이다.

하지만 오랜 무명 생활을 버티지 못하고 연기를 그만뒀고, 이제는 아버지가 운영하시는 곱창집을 물려받아 사업을 시작했다.

내가 개인적으로 참 안타깝게 생각하는 형이다. 나와 가장 친하다는 이유도 있지만, 나와는 다르게 연기를 곧잘 했기 때문이다. 그는 코미디면 코미디, 정극이면 정극. 장르를 가리지 않고 놀라운 연기를 펼칠 수 있는, 준비된 '배우'였다.

하지만 스타성이 부족했다. 조금만 더 버티면 개성 있는 연기파 배우로 이름을 날릴 수 있을 것이라는 내 조언에도, 형은 연기를 완전히 포기해버렸고 또, 빠르게 후회했다.

"젠장, 삶이 이렇게 재미없을 줄 알았으면 끝까지 버텨볼 걸 그랬어."

"적당히 마셔, 형."

"근데, 그거 알아? 또 막상 너 하는 거 보면, 다 포기하고 이렇게 가게 물려받은 게 다행이라는 생각도 든다? 왜 줄 아나?"

문성이 형은 술을 한 잔 입에 털어넣으며 말했다.

"이렇게 너한테 술이라도 한잔 살 수 있잖아? 으흐흐."

형의 서글픈 웃음에 나도 피식 웃으며 술잔을 털어넣었다.

"크으! 옛날 생각나네."

세상에 안 그런 일이 어디 있겠냐만 배우를 꿈꾸는 일은, 끝없는 터널을 걷는 것이다.

조그만 빛 하나 보이지 않는 어두컴컴한 터널을 함께 걸으며, 우리는 소주 한 병에 벌벌 떨고는 했다.

"그러게나 말이다. 이렇게 닭똥집에 소주 먹을 수 있는 것에 감사하게 생각하자."

"형, 고마워."

"……오글거린다, 이 자식아. 술이나 마셔."

물론 이제는 다 지난 일이 되어버렸고, 문성이 형이 회사를 뛰쳐나간 이후 그 여정은 나 혼자 하고 있다.

"문교는? 여전히 혼자 해 먹냐?"

"뭐, 똑같지 뭐."

"……의리 없는 새끼. 셋 중 하나가 성공하면 서로 끌어당겨 주자고 먼저 말한 사람이 바로 송문교 그 새끼잖아. 이제 좀 먹고 살 만해지니까……."

"됐어. 그만해, 형."

"내 말이 틀렸어? 태세 전환 한번 빠르다……. 나쁜 새끼."

그리고 또 연거푸 술잔을 들이킨다.

송문교, 나, 그리고 문성이 형은 연습생 생활을 함께했으며, 가장 힘든 시간을 함께 보냈다.

마음을 터놓을 수 있는 친한 친구였냐고 묻는다면, 솔직히 그렇지는 않았지만. 단언컨대, 우리들 사이에는 쉽게 표현할 수 없는 끈끈한 무언가가 있었다고는 확신할 수 있다.

하지만 문교가 성공한 뒤 우리의 사이는 걷잡을 수 없이 멀어졌고, 이제는 남보다 못한 어색한 사이가 되어버렸다.

"나쁜 새끼가 제일 먼저 성공한다더니, 딱 맞아. 개새끼."

문성이 형의 감정이 격해졌다. 나는 말없이 소주 한 잔을 들이켰다.

나는 송문교의 성공에 대해서 비난하고 싶지는 않다.

하지만 한 가지 궁금한 점이 있다면, 왜 그렇게까지 모질게 우리와의 인연을 잘라 버리려 했을까?

뭐, 이제 와서 물어보기엔 이미 늦어버렸지만.

"물이나 빼러 가자."

문성이 형은 화장실에서 소변을 본 뒤, 밖으로 나와 담배 한 대를 입에 물었다.

치익.

라이터 불과 함께 흰 담배 연기가 저녁 하늘을 수놓는다.

"한 대 줄까?"

문성이 형의 질문에 고개를 가로저었다.

"조금 있다가."

돈 때문에 강제로 끊었지만, 완전히 끊지는 못했다. 언제라도 담배를 피울 수 있는 여지를 인정하며, 나는 술집 앞 의자에 털썩 걸터앉았다.

그러자 문성이 형도 내 옆에 앉으며, 무심하게 물었다.

"오디션 봤다며?"

"어, 뭐. 봤지."

"잘 봤나?"

어떻게 말해야 할까. 설레발이 항상 좋은 결과를 낳지는 못했다. 하지만 나는 순순히 고개를 끄덕였다.

"그런 것 같아."

그러자 문성이 형의 얼굴이 밝아진다. 내게서 쉽게 볼 수 없는 반응이기 때문이다.

"오오, 으흐흐. 이제야 자신감이 좀 생겼네? 그래! 그렇게 하는 거야. 근데, '청춘 열차'라고 했나? 누가 주연인데?"

"……송문교."

"어, 어?"

"송문교 원톱 주연에, 여주랑 남주는 각각 소윤, 김균오. 시청률은 잘 나올 것 같아."

"야……."

아이돌 출신 여배우 소윤과 10대들의 라이징 스타라 불리는 모델 출신, 꽃미남 배우 김균오.

하지만 문성이 형이 가장 놀란 이유는 이들 때문이 아닐 것이다.

"송문교 주연 작품에 오디션 봤다고?"

"응."

"……왜? 송문교가 보라고 했냐?"

"아니."

"그럼 이유가 뭔데?"

"이유? 구구절절한 이유는 없어."

하지만 다른 작품도 많은데, 왜 하필 〈청춘 열차〉를 골랐는지에 대한 이유는 없지 않겠지.

"그냥 작품이 좋았으니까."

나는 이렇게 말했지만, 거짓이다. 내 속에는 가시를 품고 있음을 스스로 느낄 수 있었으니까.

이건, 아주 커다란 가시다. 삼키려고 한다면, 못 삼킬 것은 없겠지만 목구멍을 크게 찌를 그런 가시.

그 가시는 내게 묻고 있다.

'복수하고 싶지 않아?'

그래, 솔직하게 인정하자. 송문교 옆에서 연기하며 그놈의 신을 갉아먹고, 어떻게 해서든 놈의 연기를 죽이고 내가 돋보이고 싶은, 그런 좀팽이 같은 이유가 숨어 있다는 것을.

어제, 감독님이 '배역이 커지면 소화할 수 있냐'는 질문을 던졌을 때, 너무 기쁜 나머지 웃음이 터질 것만 같았다는 것을. 그 누구도 내 합격에 대해 기대하지 않고 자기들끼리 희희낙락거릴 때, 내가 속으로 그들을 얼마나 비웃었는지를.

인정하자. 내 속에도, 남들을 찌르고 싶은 뾰족한 가시가 있다는 것을. 하지만 겉으로 드러내지는 말자.

"내가…… 찬밥, 더운밥 가릴 때는 아니니까. 오디션 볼 수 있는 건 모두 다 봐야지."

내가 싫어하는 놈들과 똑같이 보이지는 말자.

나는 최대한 공격적인 감정을 속으로 삼켰다. 그리고 담담하게 눈을 감았다.

지이이잉!

휴대폰이 울렸다.

-박 팀장님 : 재희야. 지금 어디냐?

박찬익 팀장에게 온 문자였다. 문자를 본 순간 나는 속으로
직감했다.

오디션, 됐구나.

다음날 아침 일찍 출근하자마자 사무실로 들어섰다.

"재희…… 다."

시끌벅적한 사무실 분위기가, 내 등장과 동시에 아주 조금
조용해지는 듯한 느낌이다.

"주원이 대신 도재희 오빠가 뽑혔다던데?"

일각에서 이런 소리가 들려왔고, 사람들의 시선 일부가 내
게 꽂혔다.

주원이 대신? 그 말은, 내가 임주원의 자리를 뺏기라도 했다
는 건가? 실컷 떠들라지.

하지만 나는 아무것도 모르는 듯한 어리둥절한 얼굴로 저
들의 말을 무시하며, 박찬익 팀장의 자리로 다가갔다. 박찬익

팀장은 자리에서 벌떡 일어나며, 이제껏 내게 들려준 적 없는 하이톤의 목소리로 말했다.

"재희 왔어?"

그리고 미리 사두었는지, 따뜻한 아메리카노 한 잔을 내게 건네며 말했다.

"자, 우선 이거 받고. 우리는 휴게실로 갈까?"

이런 반응이 나오는 것은 그리 놀라운 일은 아니다. 나는 어젯밤 L&K 최고 유망주인 임주원을 제치고, 〈청춘 열차〉 김도훈 역의 합격 통보를 받았으니까.

박찬익 팀장을 따라 몸을 돌리다가, 사무실 문 복도에서 나를 바라보고 있는 임주원과 눈이 마주쳤다.

"……."

나와 박찬익 팀장을 바라보는 임주원의 얼굴에 아주 찰나에 스친 눈빛은 매우 익숙한 것이었다.

질투심 섞인 부러움.

그건 나도 잘 아는 눈빛이다. 그건 매일 아침마다 거울 속에서 짓고 있던 내 눈빛이었으니까.

그리고 그에 반해 지금 내 눈은.

"……."

그 어느 때보다 자신감으로 가득 차 있었다.

임주원이 어색하게 미소 지으며 말했다.

"아…… 재희 형. 오디션 붙으셨더라고요? 축하드려요."

"어, 그래. 고맙다."

"그럼…… 저는 촬영이 바빠서 먼저 가볼게요."

그리고 임주원은 도망치듯 자리를 벗어났다. 촬영하러 간다는 이야기는 굳이 안 해도 되는데, 나한테 밀렸다는 사실에 자존심이 많이 상한 모양이다.

사실 합격보다 더욱 감격스러운 일은, 배우로서의 자존감이 바닥을 치던 내가 이렇게 당당해졌다는 것이다. 누군가에겐 고작 오디션 하나일지도 모르지만, 나에게는 그만큼 간절했고, 배우의 가치는 누군가가 찾아준다는 것에 있으니까. 그런 면에서 아주 큰 동기 부여가 되었다.

입술이 씰룩거릴 만큼.

"재희, 오늘 기분 좋아 보이네?"

스타일리스트 장 팀장님이 내 얼굴을 보며 지나가듯 말씀하시고는 사라지셨다.

"기분…… 이 좋아 보여?"

나는 자리에 멈춰서, 한쪽 벽에 걸려 있는 거울을 바라보았다. 거울 속의 나는, 처음 보는 표정을 짓고 있었다.

그 어느 때보다 환하게 웃고 있는 나, 얼굴 근육 자체가 연신 씰룩거려, 웃음을 참기 힘들어하는 내 모습.

왜 이렇게 기분이 좋지?

어쩌면, 임주원도 나와 별반 다르지 않다는 것을 이제야 알았기 때문일 것이다. 그렇게 대단하게 보이던 놈도, 별 볼 일 없던 나도 결승선에서 본다면, 아직 출발도 안 한 애송이들이다.

모든 이등병들은 전입 온 순간, 이런 다짐을 하지 않을까.

'나는 짬 차면 절대 박 병장, 저 개새끼처럼 되지는 않을 거야.'

하지만 사람은 권력을 손에 쥐고 나면, 변한다. 유순했던 김 이병도, 김 병장이 되고 나면 박 병장에게 당했던 그대로 대물림하고 있는 자신을 발견하게 된다.

마치 거울처럼.

자, 권력은 이렇게 사람을 변하게 만든다. 이건 일종의 조건반사. 그리고 여기 처음으로 떳떳한 권력을 쥐게 된 나는, 어떻게 행동해야 할까.

임주원의 패배감 짙은 눈빛, 항상 나를 아래로 내려다보던 조슬혜의 황당하다는 눈빛, 그리고 사무실 한편에서 나를 무심하게 노려보고 있는 송문교의 불편한 눈빛.

적대감 가득한 이 모든 눈빛이 하나로 뭉쳐 내게 경고하고 있다.

'너, 무슨 짓을 한 거야?'

L&K 내에서 암묵적으로 돌아가던 톱니바퀴가 궤도를 이탈했다. 톱니바퀴 가장 아래에서 제 역할을 하지 못하던 고철 나사 하나가, 톱니바퀴의 판도를 뒤집은 것이다. 그만큼 이번 내 발탁은 회사에서 이례적인 일이었다.

데뷔하긴 했지만, 포털사이트에 이름조차 뜨지 않는 무명. 경력이라고는 연극영화과 워크샵 몇 작품과 상업극 한두 개가 전부인 중고.

신인이지만 동시에 중고였던 내가 합격한 〈청춘 열차〉의 배역은, 미니시리즈 세 번째 남자 조연이었다.

"세상에나, 캐릭터를 바꿔가면서 대본을 수정하신다고? 감독님 재희한테 제대로 꽂히셨나 본데?"

거기다, 비중이 앞으로 얼마나 더 커질지조차 알 수 없게 되었다. 내 오디션을 기점으로, 대본이 새롭게 수정될 것이라는 통보까지 받는 기염을 토해냈으니까.

대본이 바뀐다. 그러면 자연스럽게 배역도 함께 바뀐다. 이로써 오디션 합격이 예상되었던 조슬혜의 여자 고정 단역인 '금수저 동창1' 역할도, 새롭게 바뀐 대본에는 살아 있으리라 장담할 수 없게 되었다.

"아 ×같네."

그 소리를 듣고 조슬혜가 불만을 터뜨렸다.

"내 캐릭터 사라지기만 해봐. 진짜, 아!"

그리고 아주 냉담한 눈으로 나를 흘겨본다. 하지만 여전히 분이 풀리지 않는 듯, 자리에서 벌떡 일어나더니 성난 걸음으로 내게 다가왔다.

"오빠, 저랑 얘기 좀 해요."

"야. 조슬혜."

박찬익 팀장이 옆에서 조슬혜를 만류하려 했지만, 나는 그런 박찬익 팀장에게 괜찮다는 듯 고개를 끄덕였다.

"그래."

나와 조슬혜는 복도로 나왔다.

"말해."

조슬혜는 내게 무언가 불만이 있는 듯 보였지만, 복도로 나오자마자 180도 얼굴색을 바꾸며 내게 말했다.

"오빠. 저 진짜 오랜만에 오디션 붙은 거 아시죠?"

알지, 너도 꼴통이니까.

눈빛이 아주 간절해 보인다.

"저 이거 진짜 하고 싶거든요? 근데 수정 대본에서 캐릭터 사라지면, 저 어떡해요? 감독님한테 오빠가 말 좀 잘해주시면 안 돼요?"

"뭐? 내가 무슨 힘이 있다고."

초짜 배우가 어떻게 감독과 작가의 권한을 침범하겠는가. 물론 주연급 중에서 그러지 않는 배우가 없을 정도로 흔한 일이지만, 난 그럴 입장도, 힘도, 생각도 전혀 없다.

"감독님이 오빠한테 완전 꽂혔다면서요."

하지만 조슬혜는 눈 하나 깜빡이지 않고 난감한 부탁을 해온다. 하지만 이상하게도 이런 부탁을 듣는 기분이 그리 나쁘지는 않다.

"아냐, 그런 거."

"오빠 때문에 오디션 다시 본다는 말도 있던데……."

"누가 그래?"

"다들요. 매니저 오빠들도 다 그러던데요? 오빠가 마지막에 오디션 잘 봐서, 일이 많이 틀어졌다고. 대본도 바뀌고, 배역도 바뀔 거라고."

"……."

그래, 판이 바뀌었다.

〈청춘 열차〉 문병철 감독님은, 내 마지막 오디션을 기점으로 합격이 예정되어 있던 배우들에게 합격 통보를 보류했다.

대본이 바뀌면, 배역도 함께 바뀌는 것은 자연스러운 일. 그 과정에서 단역 몇 개가 사라지는 것은, 이 바닥에서 흘러가는 일 중엔 아주 사소한 일이다.

이 사소한 일이 자존심만큼 소중했던 조슬혜는, 아주 간절한 얼굴로 말했다.

"제가 듣기로는 수정 대본 공개되기 전에, 확정된 배우들이

랑 감독님 만나서 미팅하신대요. 그때 '금수저 동창1' 역할, 그
거 필요하지 않아요? 이 말 한마디만 해주면 되잖아요. 정말
부탁드려요."

"……"

"제발요."

그런데 어쩐지, 이 장면이 내게 낯설지가 않다. 나도 조슬혜
처럼, 예전에 비슷한 부탁을 누군가에게 한 적이 있던가.

……

잊고 싶은 과거가 떠올라 버렸다.

비슷한 상황이었다. 송문교가 주연으로 출연했던 영화에
급하게 단역 한 명이 필요했었다. 그때 나는 송문교에게 부탁
했었지. 제발, 그거 나 시켜달라고.

그때, 송문교는 내게 이렇게 말했었다.

"내가 왜?"

"……네?"

조슬혜의 눈동자가 커진다.

"내가 왜 그래야 하냐고. 대본은 작가님과 감독님 고유 권
한인 거 몰라? 진짜 나한테 이런 부탁하는 이유가 뭐야?"

"……오빠."

"나 때문에 오디션 새로 볼지도 모른다고, 지금 나한테 책임
지라고 말하고 싶은 거야?"

조슬혜는 세상 다 잃은 눈으로 나를 바라보았다. 하지만 그 눈빛은 아주 짧게 지나갔다. 그러다 점점 표독스럽게 변해간 다. 드디어 본심이 나오는 것이다.

"오빠…… 때문이잖아요."

"뭐?"

"이게 다 오빠 때문이라고. 왜 대사는 혼자 외워가고 지랄인 데? 그렇게 튀고 싶었냐고!"

조슬혜는 자유연기만 봤어도, 내가 붙고 임주원이 떨어지 는 결과는 나오지 않았을 것이라 여겼다.

그래서 '대본을 혼자 다 외워간 못난 오빠'에게 철저하게 유 리하게 돌아갔던 오디션 현장이라고 생각했고, 만약 임주원이 붙었다면 대본이 수정되며 자신의 배역이 날아가는 위기도 없 었을 것이라 여겼다.

그 때문에 이 온갖 화를 내게 뿜어내고 있다. 동시에 그 모 습을 바라보는 내 표정도 덩달아 차갑게 변했다.

"이거, 완전 구제 불능이네."

하지만 틀렸다.

오디션을 자유연기로 보든, 지정연기로 보든, 앞치기로 보고 뒷치기로 후려쳤든, 어떻게 보든 결과는 같았을 것이다. 나는 자유연기 독백 대본을 위해, 내가 보지 않은 영화 다섯 권의 대본을 머릿속에 집어넣었으니까.

"뭐, 뭐라고요? 구, 구제 불능?"

"야, 조슬혜."

"……."

"만약 대본 수정 중에 네 배역이 사라지면, 네 수준이 그것밖에 안 되는 거야. 네가 달랑달랑 언제 잘려도 상관없는 수준밖에 못 보여준 거라고. 그런데 지금 누굴 탓해?"

"허…… 하……!"

내 악담에 조슬혜의 얼굴이 기괴하게 일그러졌다. 마치 내 입에서 이런 말을 들을 줄은 몰랐다는 표정이다.

나는 그대로 몸을 돌리려다, 멈춰서며 말했다.

"적어도 주제 파악은 하는 줄 알았는데."

내 말에 조슬혜의 얼굴이 터질 듯 부풀어 오른다.

"슬혜가 뭐래?"

박찬익 팀장의 질문에 나는 대답 대신 고개를 절레절레 저었다. 꼴통이 지껄이는 골 빈 소리를 굳이 떠벌리고 다닐 필요는 없다.

조슬혜는 확실히 화술에 대한 센스는 있어서 거울 보는 시간을 줄이고 그 시간에 대본을 더 읽는다면 언젠가는 붙을지도 모르지만, 아마 그 시기가 빨리 찾아오지는 않을 거다.

하지만 박찬익 팀장은 다 알 것 같다는 얼굴로 말했다.

"네 표정 보니 대충은 알겠다. 걔가 좀 욕심이 많잖아. 배알 꼴려서 그러는 거니까, 네가 이해해라."

나는 박찬익 팀장을 바라보았다.

이 사람은 내게 아무런 기대조차 하지 않았지만, 적어도 공정하게 기회는 부여해 주었다. 악감정은 없다.

"어디 보자, 어디까지 얘기했지?"

"감독님에 대해서요."

"아, 그래. 문병철 감독."

〈청춘 열차〉의 문병철 감독.

들어보니, 생각보다 상대하기 힘든 스타일이었다.

SBC의 PD로, 최근 작업했던 드라마 두 작품의 성적이 연달아 좋지 않아 SBC 드라마국 내에서 입지가 좁아진 상태다. 미니시리즈 메가폰을 잡는 것은 아마도 이번이 마지막이 아닐까 싶을 정도고, 이번 작품에 실패하면 주말드라마로 밀려나거나 기획 쪽으로 빠질지도 모른다고 한다.

"지금 감독님 심정은 9회말 타선에 들어선 투아웃 마지막 타자의 심정이실 거다. 이럴 때, 홈런 한 방 빵! 날리셔야 하는데……."

"입지가 좁아진 이유가 뭐죠? 단순히 성적이 좋지 않아서?"

"아니지, PD가 무슨 계약직도 아니고."

그래. 지상파 PD가 동네 구멍가게 직원도 아니고 당장의 시청률 때문에 좌천당할 파리 목숨들은 아닐 것이다.

더군다나 감독님 전작들을 살펴보니, 시청률을 완전히 말아먹은 것도 아니었다. 동 시간대 타 방송사 드라마에 비해 시청률이 저조했을 뿐이지, 모두 이름은 들어본 적 있을 정도의 유명세는 있었다.

"결정적인 이유는 시청률 때문이 아니야. 감독님 스타일 때문이지. 문병철 감독님이랑 작업했던 주연배우들의 컴플레인이 몇 작품째 계속해서 나왔거든."

"컴플레인?"

"그래. 감독님 스타일이 좀 남다르시거든. 이거 봐라. 갑자기 너한테 꽂혀서 대본이고 배우고 바꾸시겠다는 거 보면, 대충 짐작 가지 않아?"

감독님은 철저히 현장 중심적인 스타일이라고 한다. 자신이 생각했던 이미지와 실제 현장 분위기가 안 맞으면, 현장의 판을 아예 뒤집어 버리거나 콘티를 아예 뜯어고쳐서 새로 만든다.

즉, 스스로 계속해서 만드는 타입. 자연스럽게 촬영은 딜레이 될 수밖에 없고, 제작사 입장에서는 추가로 돈이 나가니 미친다. 대본은 계속해서 바뀌니, 배우들 입장에서도 불만이 생길 수밖에 없다.

"앞으로 대본 수정은 빈번히 일어날 거야. 하루 전날에 수정쪽 대본 날아오는 일도 빈번할 거고."

연출이 자기 확신이 있다는 것은 좋은 의미다. 하지만 그게 과하면, 확실히 주변 사람들이 힘들어진다.

무능함과 뚜렷함은 한 끗 차이지만, 다르다.

"실력 있는 감독님이긴 해. 하지만 작품마다 주연 배우랑 트러블을 만들어낸 트러블 메이커야. 중간에서 대처 잘해야 한다."

예술(藝術)을 핑계로 대본을 수정해서 분량이 줄어든 배우가 있는가 하면, 늘어난 배우도 있다고 했다. 배우는 회차로 계약이 정해져 있으니 아예 뺄 수는 없고 그래서 비중을 확 줄여 버리는 것이다.

"……그렇군요."

얼추 감독님 스타일이 눈에 들어온다. 그리고 어떻게 해야 내가 잘 보일지도 머릿속에 계산이 선다.

결국은 '말 잘 듣는 싹싹한 놈'을 좋아한다는 거다.

그때, 궁금한 점 하나가 생겼다.

"근데, 송문교는 감독님이 직접 뽑으신 거래요?"

'말 안 듣는 건방진 놈'인 송문교를 감독님이 직접 얘기하지는 않았을 것 같다는 생각이 들었다.

그리고 역시나 였다.

"제작사…… 에서 입김이 좀 들어가긴 했는데, 왜?"

"아니에요."

어쩐지, 송문교가 말아먹은 영화 제작사랑 드라마 제작사가 같은 곳이라더니. 영화로 손해 본 거, 드라마로 우려먹을 생각인 모양이었다.

"그냥 모르는 척해줘."

"아, 네."

이러면 오히려 나보다 송문교가 더 걱정이지 않은가. 배우로서 자존심 강한 송문교의 스타일을 짐작건대, 이랬다저랬다 하는 꼰대 감독님 밑에서 얼마나 잘 버틸 수 있을까.

"픽."

나는 그만 소리 내서 웃어버리고 말았다. 아마 모르긴 몰라도, 물과 기름처럼 섞이지 못하고 촬영 분위기를 흐릴 것이다.

하지만 내가 신경 쓸 부분은 아니니까. 알아서 하겠지, 뭐.

확실한 것은 패가 내 쪽으로 유리하게 만들어지고 있다는 것이다.

촬영 전 미팅을 위해 상암동 방송국 인근 중국집에 모였다. 박찬익 팀장을 필두로 L&K 배우인 송문교와 내가 중국집에 들어섰고, 그 뒤로 여주와 서브 남주를 맡은 소윤과 김균오가 들어왔다.

스텝으로는 제작사 파랑새미디어의 제작총괄 PD와, 제작 PD, 라인 PD, 캐스팅디렉터. 거기에 문병철 감독님과 휘하 연출부들까지.

촬영, 조명 감독님들을 제외하고, 〈청춘 열차〉의 헤드급은 전원 모였다고 봐도 무방하다.

오늘 모임의 목적은 한 가지다.

"수정된 대본들은, 전부 읽어봤죠?"

작가님과 감독님이 몇 날 며칠을 합숙하다시피 하며 고쳐 온 대본을 두고, 감독님이 마지막 안타를 날리는 자리.

문병철 감독님이 눈을 가늘게 뜨며 물었다.

"어땠어요?"

대본이 바뀌었다.

남주와 여주 주변 인물들이 죄다 가지치기 당했다. 쓸데없이 많던 고정 단역들은 모두 사라지고, 여주의 친구 역할과 남주의 친구 역할인 '김도훈'의 역할이 크고 광범위해졌다.

스토리 일각에서 세컨드 러브 라인만 담당하던 내 배역이, 어느새 여주와 남주 사이를 잇는 오작교 역할까지 병행한다.

사이즈가 커진 상황.

"좋던데요? 훨씬 매끄럽게 술술 읽혔습니다."

"그래요?"

박찬익 팀장은 프로였다. 확실히, 문병철 감독이 원하는 대답만을 골라서 말했다.

"네. 인물 관계는 확실히 축소되었지만, 대신 배우 Top5 체제로 훨씬 스토리가 더 탄탄해진 느낌입니다."

사실 그것은 박찬익 팀장 입장에서는 나쁠 것이 없었다. '원톱' 송문교 캐릭터도 건재하고, 내 캐릭터는 더욱 살아났으니까.

물론 당장에는 조슬혜라는 출혈이 있었지만, 회차가 진행됨에 따라 나중에 다른 역할로 다시 꽂아 넣을 수도 있을 것이다.

"오, 역시 박 팀장님이 대본 보는 눈이 있어요. 어쨌거나 잘나왔다니 다행이네요. 요 며칠간 대본 바꾸느라, 작가님이랑 아주 골머리를 썩였다고."

문병철 감독님은 흡족하게 웃으며 내 쪽으로 힐끔 눈을 돌리셨다.

"좋아요, 좋아."

그리고 아주 믿음직스럽다는 눈으로 나를 바라보시더니, 이내 다시 대화에 열중하기 시작하셨다.

"문교 씨 아버지 역할은 최태혁 선생님으로 낙점되었고⋯⋯ 소윤 양 엄마 역할은, 오미란 배우시죠? L&K의."

"네. 오미란 선생님과 진행 중에 있습니다."

조연들의 캐스팅 진행 상황과 세트장 위치, 로케이션 진행 상황과 첫 리딩 날짜 외에도 회식 장소나 메뉴에 대한 것까지 전반적인 대화들이 오갔다.

다행스럽게도 이들의 대화에 내가 낄 틈은 존재하지 않았다. 나는 얌전히 상다리가 휘어질 만큼 차려진 중식 코스요리를 음미하며 사람들의 안색을 살폈다.

송문교는 무덤덤하게 음식 먹는 것에만 열중했고, 아이돌 출신이라는 소윤은 연신 밝게 미소를 지으며.

"우와, 그럼 파주에 세트장이 지어지고 있는 건가요? 으흥, 기대된다."

감독님의 옆자리에 찰싹 달라붙어서, 리액션을 담당했다. 출연 배우 중에 홍일점이나 다름없어서 소윤이 촬영장의 분위기 메이커 역할을 할 확률이 높아 보였다.

"저는 김균오라고 합니다."

과거엔 잘나가던 일진이자, 세상 다 가진 캐릭터 '김강혁'을 연기하게 될 모델 김균오는 서글서글하게 웃으며 나와 송문교를 향해 인사했다.

"……."

하지만 송문교는 그런 김균오를 지나가듯 보더니, 대충 고개만 끄덕이며 말했다.

"아, 네."

건방짐이 하늘을 찌른다.

하지만 김균오는 이 정도는 예상했다는 듯 담담한 얼굴로 나를 바라보았고, 나는 최대한 밝게 웃어 보이며 인사했다.

"저는 도재희라고 합니다."

"아. 반갑습니다. 예명이신가요?"

"아뇨. 본명입니다."

"아아, 저도 본명이거든요. 하하."

김균오는 모델 출신 배우들이 강세를 보이는 요즘, 10대들의 라이징 스타라는 별명답게, '요즘 여자'들이 정말 좋아하게 생겼다.

나나 송문교도 그리 작은 키는 아닌데, 우리보다 머리 반쯤 더 커 보이는 훤칠한 키부터, 작은 얼굴에 오밀조밀하게 들어 있는 눈, 코, 입이 모두 또렷하다.

왜, 사진 찍을 때 옆에 서기 꺼려지는 그런 얼굴이랄까.

"나이가 어떻게 되세요?"

"아, 저는 스물여덟입니다."

"저보다 형이시네요. 전 다섯이거든요. 군대 다녀오셨죠?"

"아, 네."

"크으. 아직 저는 미필이거든요."

하지만 의외로 친화력은 좋아 보였다.

"그래도 현역 욕심은 있어요. 모델 형들이 제가 군대 가면

저더러 고문관일 거라며 엄청 고생할 거라고 공익으로 빠지라는데, 사실 남자로 태어났으면 기왕 가는 군대, 고문관 같은 걸로 좀 빡세게 다녀오면 이미지에도 좋잖아요."

"……예?"

차가워 보이던 첫인상과 전혀 다른 백치미까지 함께 선보이며 철저하게 친화력을 높여 주신다.

어이, 세상 다 가진 얼굴로 그러지 마. 그러니까 고문관 소리를 듣는 거야.

그에 반해 소윤은.

"선배님들 안녕하세요! 저는 '애프터 픽시'의 소윤입니다!"

어렸을 적, 첫사랑을 닮은 풋풋한 외모다. 엄청난 미인은 아니었지만, 웃을 때마다 눈이 반달 모양이 되는 귀여운 강아지상에 활달한 성격을 가진 아이.

하지만 가끔은.

"아이, 선배님 뭐예요!"

걸걸한 목소리로 장난스럽게 받아칠 줄도 아는 당찬 면도 있어 보였다.

작중 캐릭터가 '남사친, 여사친'이기 때문에 귀여우면서도 걸걸한 매력을 보여야 하는데, 이미지에 제법 잘 어울리는 캐스팅이라고 말할 수 있다.

여기에 '박청아'라는 요즘 유망한 신인 여배우가 소윤 친구

이자, 내 여자 친구 역할로 캐스팅되면서 〈청춘 열차〉의 Top5
가 완성되었다.

박청아는 감독님 대화, 배우들 대화를 기웃거리며 연신 방
긋방긋 웃기만 한다. 웃는 모습이, 꽤나 예쁘게 생겼다.

"근데요. 선배님이 '김도훈' 역할 맞으시죠?"

그때, 소윤이 내게 조심스럽게 물었다.

"네, 맞아요."

내가 고개를 끄덕이자, 소윤과 김균오는 구면인지 서로 마
주보며 '맞네', '역시!' 같은 말을 주고받았다.

응, 뭐지? 왜 너희들끼리 얘기하는 건데.

"왜…… 요?"

내 물음에 소윤은 진지한 얼굴로 숟가락을 흔들며 소리 질
렀다.

"대본이 바뀐다! 이유인즉슨, 연기의 신이 강림하셨다!"

"……?"

"헤에?"

하지만 사람들의 시선이 일동 소윤에게 쏠리자, 자기도 무
안했는지 숟가락을 테이블 위에 탁! 내려놓고 헤실헤실 웃으며
말했다.

"……라고, 저희 매니저 오빠가 말했거든요. '김도훈' 역할이
연기 잘하기로 소문났다고. 헤헤, 대본 통째로 달달 외우시고

오디션 보셨다면서요?"

소문이 났어? 고작 오디션 하나로 다른 회사까지 소문이 돌 정도면, 캐스팅디렉터님이 나를 그만큼 인상 깊게 봤다는 건가. 하지만 그게 중요한 것이 아니다. 소윤 쟤도 제정신이 아니구나.

"외우긴 했는데……."

"어맛! 대단하셔라."

아이돌 쪽보다 예능으로 먼저 떴다더니, 확실히 가지고 있는 분위기 자체가 일반 배우들과 다르게 방방 뛴다.

차분한 역할은 못 하겠는데.

"선배님, 진짜 대단하세요. 열정 짱!"

소윤이 나를 향해 엄지를 치켜들며 푼수같이 웃는다. 귀엽긴 하다만…… 역시, 제정신은 아니군.

그때, 송문교가 돌연 인상을 구기더니 자리에서 일어나 출입문 쪽으로 나가버렸다.

"야, 문교야. 어디 가?"

박찬익 팀장이 황급히 만류하려 했지만, 송문교는 들릴 듯 말 듯 작은 목소리로,

"화장실."

그렇게 중얼거리더니 밖으로 휭 나가버렸다.

저런 예의 없는 자식.

아마도 대화의 중심이 내가 되는 것이 못마땅한 모양인데, 그런 송문교를 바라보는 문병철 감독님의 표정도 그리 곱지만은 않다.

"그, 급했나 본데요?"

박찬익 팀장도 어색하게 감싸며 표정을 구겼다.

일단은 주연 배우니까 잘 달래가면서 해야 할 텐데. 흐음, 어찌 되려나.

송문교는 첫 리딩이 있는 오늘에서야 조금 다급한 표정이었다. SBC 3층 대본리딩실에 도착한 송문교는 자신의 자리에 놓여 있는 '송문교 배우님'이라고 정성껏 프린팅된 새 대본을 받아들고, 그제야 황급히 읽어 내려가기 시작했다.

아마도 지금껏 '로맨스 연기가 다 거기서 거기지'라고 거들먹거리며, 제대로 읽어보지도 않았을 가능성이 크다.

"흐음."

가장 상석인 감독님과 송문교 자리로부터 세 자리 정도 떨어진 내 자리에도, 역시 물과 음료수와 함께 대본이 놓여 있었다.

'도재희 배우님.'

이름이 프린팅되어 가지런히 쌓여 있는 1회에서 4회짜리 코팅 대본이다.

대본 읽기에 바쁜 송문교에 반해, 나는 한 번 쓱 만져보는 것이면 충분했다.

[이미 흡수한 대본입니다.]

이미 흡수했다는 내용이 머릿속에서 흘러나왔다. 회사에 뒹굴고 있는 쪽대본을 통해 죄다 흡수한 상태였기 때문이다.

'이건 기념품이군.'

나는 예쁘게 이름이 찍힌 코팅 대본을 펼치지도 않고, 가지런히 손을 모아 테이블 위에 올려두었다. 머릿속에서는 이미 배역들의 대사가 굴러다니고 있다. 대본을 볼 필요도 없다.

잠자코 기다리자, TV에서나 보던 기라성 같은 대선배들이 리딩실 문을 열고 들어왔다.

최태혁, 오미란 등등 〈청춘 열차〉에서 감초 같은 역할을 맡아주실 선생님들이다.

나는 이제껏 보여준 적 없는, 가장 당당하고 밝은 모습으로 인사했다.

"안녕하십니까 선배님. 신인배우 도재희입니다."

이들이 다 내 편이 되어 줄 사람들이다. 그리고 그 뒤로 작가님과 문병철 감독님이 함께 들어왔다.

"다들 왔나요?"

첫 리딩이 시작되었다.

십여 명의 배우들이 기다란 원형 테이블에 모여 앉았다.

사이드에 깔려 있는 의자에는 제작부, 매니저, 연출부들이 앉아 대기했고, 상석에는 감독님과 메인 작가님이 자리했다.

그 좌우에는 주연배우 송문교와 소윤이 자리했고, 사이사이에 나를 포함한 조연들이 자리했다.

일종의 적막 같은 것이 깔려 있었다.

오직 보도자료를 제출하기 위한 기자와 메이킹 영상을 촬영하는 스텝만이 자리를 옮기며 조용한 리딩실의 분위기를 깼다.

햇빛이 잘 들어오는 통유리창이 눈이 부셨는지, 조연출이 창가 블라인드를 내리는 소리를 시작으로, 문병철 감독님이 말씀하셨다.

"그럼 리딩에 들어가기에 앞서, 간단하게 자기소개를 들어볼까요?"

오늘 리딩하게 될 분량은 총 1회에서 4회.

말이 4회 분이지, 이 정도면 한나절 이상은 걸릴 것이다.

"'청춘 열차' 연출을 맡은 문병철입니다."

문병철 감독님의 소개를 시작으로, 작가님이 자리에서 일어나 고개를 꾸벅 숙였다.

"작가 김혜숙입니다. '청춘 열차'는 저와 감독님이 밤새 고민하며 쓴 글입니다. 글로만 존재했던 캐릭터가, 여러분들을 통해 살아 움직일 것을 생각하니 벌써부터 기대됩니다."

작가님은 작은 체구에서 은근히 뿜어져 나오는 힘이 있으셨는데, 말씀도 참 단아하게 하신다. 이후에는 자연스럽게 배우들의 소개가 이어졌다.

"이우진 역할을 맡은 송문교입니다."

"안녕하세요! 민소윤 역할을 맡은 소윤입니다! 작가님이 배려해 주셔서 본명을 쓰게 되었습니다. 제 이름에 먹칠하지 않도록 열심히 하겠습니다!"

"안하무인 재벌남 '김강혁' 역할을 맡은 김균오입니다. 저는 다 필요 없고, 대사만 잘 외워서 가겠습니다."

"하하하!"

센스 있는 김균오의 인사와 함께, 모두의 시선이 내게 향했다.

어쩐지 긴장된다. CP님까지 참석해 계시는 중요한 자리다.

"'김도훈' 역할을 맡게 된 신인배우 도재희라고 합니다. 제가 가진 능력보다 더 큰 역할을 맡은 것 같습니다. 항상 겸손한 마음으로 임하겠습니다."

굳이 튀려고 노력하지 않았다. 그러자 웃음 대신 박수가 터져 나왔다. 문병철 감독님 역시 흐뭇한 눈빛을 숨기지 않았다.

"좋아요, 좋아."

그렇게 배우들의 인사가 한 바퀴 돌아가고, 스텝들의 소개가 이어졌다.

자기소개만 10분 넘게 진행될 만큼 많은 인원들이 있었고 나는 한 사람 한 사람의 소개를 경청하며 귀 기울였다. 내가 그토록 바라던, '배우'로서 이 자리에 있는 이 순간을 계속해서 즐겼다.

"그럼 얼추 소개는 끝난 것 같은데…… 리딩 시작해 볼까요?"

"먼저 1회 1신 읽겠습니다."

조연출이 지문을 읽기 시작했고, 1회 리딩이 시작되었다.

"2009년 봄."

송문교, 소윤, 김균오가 오프닝으로 등장하며 열차를 타고, 화려했지만 나약했던 고교 시절로 돌아간다.

국회의원 아버지를 둔 안하무인 고등학생 김강혁은 사고를 쳐도 풀려나기 일쑤다. 하지만 그에 반해 흙수저에 가진 것이라고는 깡밖에 없는 이우진은 그 죄를 모두 뒤집어쓴다.

두 남자 사이의 여고생 소윤. 그녀는 둘의 첫사랑 상대다.

"네 말대로 강혁이가 내 친구니까 눈에 보이는 게 없을 지경이었지. 동네에서는 나를 건드리는 사람도 없고, 비싼 오토바이 타고, 술 먹고 담배 피우면 계집애들이 따라다니고. 완전 내 세상이었지. 근데 그거 알아?"

송문교가 내가 능력을 얻고 처음 뱉었던 대사를 시작했다. 1회의 하이라이트이자, 없는 자의 설움을 한껏 드러내는 중요한 장면.

"그 틈바구니에서도 나는 달랐어. 잘나가는 강혁이가 내 친구지만, 나는 애비 없는 후레자식에 시장에서 떡볶이 파는 미혼모의 아들이고, 스무 살이 된 지금. 동일 선상에 있는 줄만 알았던 김강혁이와 내가 사는 세상은 철저하게 다르다고."

송문교의 감정 신이 끝나자, 문병철 감독이 잠시 손을 들며 중지 사인을 보였다.

"음, 잠시만요. 문교 씨. 조금만 더 감정을 숨기듯 해볼까요?"

리딩은 단순히 대사를 맞춰보는 자리가 아니다. 배역들이 품고 있는 색깔을 배우들이 얼마나 잘 소화할 수 있는지 검증하는 자리이며, 감독이 연출 방향과 캐릭터를 가이드한다.

배우 입장에서는 대본에 의문이 있다면 질문을 할 수도 있고, 촬영이 들어가기 전에 모든 캐릭터 설정들에 대해 합의를 한다.

문병철 감독이 자신의 대사에 대해 지적할 것을 전혀 예상하지 못한 모양인지, 송문교가 잠시 벙찐 얼굴로 감독님을 바라보며 물었다.

"……숨기라고요?"

"네. 지금 문교 씨는 감정을 너무 드러내고 있어요. 마치, 나 여기 있소! 이렇게 말하는 것처럼 들리거든요. 명색이 좋아하는 여자 앞에서 하는 대사인데, 좀 더 부끄럽고, 수치스러워야 하지 않을까요?"

"……."

송문교가 한 방 먹었다, 모두가 보는 자리에서 제대로.

그 자리에서 감독님에게 대들 배짱은 없는지, 얼굴을 붉히며 다시 대사를 읽기 시작했다.

"흐음."

문병철 감독은 그다지 마음에 들지는 않는 모양이었지만, 일단 넘어가는 것처럼 보였다.

소윤의 연기는, 본인 모습 그대로였다. 어색하지 않고 깔끔하게 술술 넘긴다.

그에 반해, 김균오는 달랐다. 딱 생긴 만큼만 연기해 줬더라면, 올해 신인상은 김균오의 차지였을 것이다.

하지만 결정적으로 연기가 부족했다.

"아……."

내가 다 안타까울 정도였다. 드라마 판에서 '인지도 캐스팅'이라는 말이 괜히 나오는 게 아니구나 싶을 정도로, 서브 남주라고 하기에는 턱없이 부족한 실력이었다.

"나 김강혁이야. 잊었어?"

이중적인 얼굴을 가진 매력적인 악당이자 서브 남주를 연기해야 하는데, 차가운 얼굴에 비해 대사가 너무 순박하다.

"흐음."

문병철 감독 역시 탐탁지 않은 얼굴로 변했고, 내 옆자리에 앉아 계신 대선배님들의 낯빛도 어두워졌다.

'정녕, 이것들에게 이 드라마의 운명이 달려 있는 것인가.'

마치 이렇게 말씀하시는 것처럼 보였다.

나는 속으로 내 차례를 세어보았다. 나는 1회 마지막 장면에 등장한다. 송문교(이우진)의 집에 찾아가 술친구를 해주는 장면.

나는 내 앞의 선행대사를 조그맣게 읊조렸다. 대사가 머릿속에 두둥실 떠오른다.

"신 43. 우진 집. 우진은 바닥에 쪼그리고 앉아 소주에 마른 안주 따위를 질겅질겅 씹고 있다. 안절부절못하는 불안한 얼굴. 그때, 노크 소리가 들린다."

나는 조연출의 지문 설명에 맞춰, 콩콩콩 테이블을 손톱으로 살짝 내려치며 말했다.

"우진아."

내 대본은 덮여 있었고, 대본 쪽으로는 눈길조차 주지 않았다. 오로지 내 시선은 내 대각선 맞은편에 앉아 있는 송문교를 주시했다.

이건, 철저히 의도된 액션이다.

송문교는 내가 시선을 맞춰오자, 대본을 곁눈질로 훑으며 나와 눈을 마주하고 연기하기 시작했다.

"……도훈이냐?"

"그래. 빨리 문 열어."

유치하지만, 내가 살아남는 방법이다.

이 세계는 누군가를 밟아야만 올라설 수 있는 세계니까. 송문교가 나를 밟았던 것처럼.

난 눈으로는 송문교를 노려보고, 입으로는 대사를 완벽하게 뱉어내며, 속으로는 소리쳤다.

'대사 빨리해.'

1회 리딩이 끝나니 1시간이 훌쩍 지나가 있었다. 중간중간 감독님께서 코멘트를 덧붙이시면서 리딩을 끊었다고는 하지만, 너무 오래 걸렸다.

"10분만 쉬겠습니다."

문병철 감독님이 휴식 시간을 고했고, 10분의 휴식 시간이 주어졌다. 하지만 10분의 휴식 시간에 문병철 감독님은 화장실에 가는 대신 내게 다가왔다.

"재희 씨, 벌써 대사를 다 외웠어요?"

"네."

"수정…… 대본인데? 이렇게나 빨리?"

"열심히 준비했습니다."

"4회까지 다 외운 건 아니죠?"

"맞습니다."

"……."

"재희 씨…… 그렇게 안 봤는데, 정말 독한 구석이 있네?"

그러자 이번에는, 내 옆자리에 앉아 있던 오미란 선배님이 장난스럽게 따져 물었다.

"재희 씨가 이러면…… 꼭 우리는 열심히 안 하는 것 같잖아요."

"하하, 그럴 의도는 아니었는데 죄송합니다. 부끄럽지만…… 저는 이거 말고 현재 작품이 없어서요. 하지만 저와는 다르게 선배님은 바쁘시지 않습니까?"

"홍홍, 그야 그렇지만."

적당한 치켜세움에, 오미란 선배의 얼굴이 부드러워졌다.

모두의 시선을 끌어왔다. 감독님도, CP님도, 스텝들도, 연기자들도 모두.

'리딩부터 대본을 외워온 준비성 철저한 배우.'

이것은 철저하게 내 자양분이 될 것이다.

"자! 감독님 담배 한 대 피우러 가시죠. 아 참, 재희라고 했나?"

"네 선배님."

"연기 잘하던데, 담배는 피우나?"

"선배님이 가시면 저도 따라가겠습니다."

"하하. 센스도 있고. 좋아, 한 대 피우러 가자고."

이 바닥이 좁은 건, 대한민국 국민이 다 아는 사실이다. 잘 팔리던 배우가 왜 갑자기 사라졌는지, 들어보지도 못한 신인이 어느 날 갑자기 방송 3사 전부에 얼굴을 비치는지.

결국, 모두 이런 사소한 이미지에서부터 시작한다. 이미지 관리를 하지 못하는 배우는 사라지고, 그 자리를 노리며 굶주린 수많은 루키들이 치고 올라온다.

물론, 흥행 파워가 인성 따위는 압도해 버리는 경우도 많지만, 적어도 송문교가 그 정도 '급' 있는 배우는 아니다.

이 판의 주인공은 나였다.

이후 2회 리딩에서도, 상황은 비슷했다.

"어, 어디였지? 죄, 죄송합니다. 대사를 놓쳤습니다……."

"10신 24페이지 첫 번째 대사요. '네가 먼저 전화 안 받았잖아'"

"……에?"

"지, 지금 또 안 보고 말했지?"

지문을 놓쳐 한참을 헤매는 조연출과 배우들에게 페이지 수까지 정확하게 짚어내는 것은, 어쩌면 서커스에 가까운 묘기일 것이다.

"봐봐. 대본 아예 다른 페이지 펼쳐놨잖아. 듣기만 하면서 정확하게 흐름을 따라가는 거라고."

소윤의 표정에는 공포가 깃들었다.

"무, 무서워."

"대박……. 이 정도면 배우 하지 말고 그냥 돗자리 깔아야 하는 거 아닙니까?"

김균오는 믿기지 않는다는 듯 중얼거렸지만, 나는 아무렇지 않은 표정으로 허공만을 주시했다.

그렇지만 대사가 저절로 떠오르는 걸 어떻게?

자, 이번에는 내 차례.

나는 송문교의 눈을 똑바로 주시하며 말했다.

"야, 이우진. 건방 떨지 마. 나 이제 네가 알던 내가 아니야."

아주, 또렷하게.

"너……."

그러자 송문교의 눈썹이 기묘하게 뒤틀린다. 하지만 그전에 내가 먼저 외쳤다.

"아, 실수했네요. 대사가 이게 아니죠? 헷갈렸어요."

"……아하하, 그렇지?"

"재희 씨도 실수하네. 좋아! 그런 인간적인 모습. 그럴 수 있지. 대본 천천히 보면서 하라고."

고의적인 실수로 인간미를 보여주면서, 동시에 송문교의 속을 긁어놓는다. 대사라는 핑계, 그리고.

"야, 우진아. 아무래도 앞으로 조심하는 게 좋을 것 같아."

널 바짝 쫓아가는 사람이 한 명 있거든.

"……."

연기라는 핑계로.

송문교는 처음에는 조금 이기적이긴 했지만, 건방진 놈은 아니었다.

"우리 셋 중에 누구 한 명 성공하면, 진짜 끌어주자. 어때?"

나와 문성이 형에게 먼저 이런 제안을 할 때까지만 해도, 우리들 사이에 제법 끈끈한 전우애 같은 것이 있다고 느꼈으니까.

하지만 송문교는 성공과 동시에 완전히 다른 사람으로 돌변했고, 후배들을 시켜 나를 비웃었으며, 회사에서 내 존재 자체를 미미하게 만들었다.

'문교가 들어가는 작품인데, 안 되겠지?'

매니저들은 송문교의 눈치를 보기 시작했고 자연스럽게 나는 점점 잊혀갔다.

묻고 싶었다.

'너 나한테 왜 그랬냐?'

하지만 나는 병신 같은 열등감에 사로잡혀 있었고, 그런 질문을 할 생각조차 하지 못했다.

그런데, 정말로 궁금했던 그 이유를 이제야 알게 되었다.

"이 개새끼야! 네가 나를 엿 먹여? 일부러 그랬지 이 새끼야!"

"아오, 문교야 좀!"

잔뜩 흥분한 송문교를 말리지도 못하고, 박찬익 팀장은 머리를 쥐어뜯으며 연거푸 한숨만 내뱉었다.

하지만 송문교는 당장에라도 한 대 칠 기세로 내게 주먹을 들어 보였다.

"X발! 오디션 하나 붙었다고 눈깔에 뵈는 게 없지?"

"야, 주먹은 안 돼! 얼굴은 절대 안 돼!"

SBC 옥상, 리딩이 끝나고 모든 배우와 스텝이 회식을 위해 인근 고깃집으로 이동했지만, 나와 송문교만이 여기에 묶여 있다.

"그만하자."

"뭐? 뭘 그만해 이 새끼야. 사람들 앞에서 나 개망신시켜놓고. 뭘 그만하냐고!"

"네가 준비가 부족했던 걸, 내 탓으로 돌리지 마. 추하니까."

"……너, 이 새끼가…… 진짜 돌았냐?"

송문교가 주먹을 휘두르려고 하자, 박찬익 팀장이 송문교의 팔을 붙잡고 매달렸다.

"안 돼, 얼굴은 안 돼! 문교야, 폭력은 안 돼."

"이거 놔, 안 놔?"

"안 된다고, 죽어도 절대 못 놓는다! 정 그렇게 때리고 싶으면 차라리 형을 때려라!"

"아오, 저 찌질이 새끼랑 같은 작품 들어가는 것도 쪽팔려 죽겠는데. 주연 체면이 이래가지고 되겠냐고? ×발! 리딩 때 나 들으라는 듯 일부러 엿 먹이는 거 봤어, 안 봤어? 형은 저 새끼 캐스팅될 때, 안 막고 뭐 한 거야!"

"……."

송문교가 나를 무시했던 이유. '성공'이라는 달달한 맛을 보니, 성공하지 못한 인간들의 삶이 한없이 시시해 보였을 것이다. 자신처럼 우뚝 일어서지 못한 나를 찌질이로 폄하하고, 내게 괜히 손 한번 잘못 내밀면 '뜨지 못하는 전염병'이라도 옮을까 싶은 그런 이유였겠지. 어쩌면 내가 역병처럼 보였을지도 모른다.

"고작 그런 이유였냐?"

그리고 평생 자신의 밥그릇을 노리지 말고, 며칠 전의 나처럼, 바닥에서 기어주길 원했을 것이다, 패배감이나 실컷 느끼고 질투나 하면서.

짐작은 하고 있었지만 정말 그런 단순한 그런 이유라니, 그야말로 한 편의 코미디가 따로 없다.

"역겹네, 정말."

어쩌다 우리 사이가 이렇게 되었을까, 따위의 시시한 감상은 없었다.

송문교가 처음으로 열등감을 내비치는 지금. 내 눈앞에서 화를 못 이겨 팔짝팔짝 뛰는 저 모습을 보고 있자니 내가 이런 모습을 보기를 바라왔었구나, 싶을 뿐이었다.

"궁금해?"

"뭐?"

"내가 왜 너를 엿 먹이려고 한 것 같은데?"

내 질문에 송문교가 거친 호흡을 들이마시며, 눈동자를 굴린다. 하지만 아무리 생각해도 모르겠다는 얼굴이다.

"이유가 뭐야?"

"있겠냐?"

"뭐?"

이유?

"없어."

만들어야 한다면 만들 수는 있겠지만, 그딴 건 아무런 소용도 없다.

"구차하게 무슨 이유냐, 너 엿 먹이는데 무슨 이유가 필요해?"

"뭐, 이 새끼야?"

"원래 이 바닥 그런 곳이라며? 선배, 선생님들 다 재껴야만 올라갈 수 있는 곳이라며. 잊었어? 네가 해준 충고 아냐."

"너 이 새끼, 그걸 아직도……."

나는 예전의 일을 떠올렸다. 송문교가 찍었던 로맨스 영화 〈맛있는 연애, 짭짤한 썸〉에서 급하게 단역이 필요했고, 도와달라는 내 제안에 송문교가 그때 그렇게 말했었다.

'내가 왜? 여기 원래 이런 곳이야. 너 같으면 자기 밥그릇 훔치려 드는 놈이 곱게 보이겠냐?'

그때 송문교는 자기 힘으로 일어나라고 내게 '조언'했다.

'네 손으로 쟁취해. 버러지처럼 배역 동냥 받을 생각하지 말고.'

맞는 말이다. 맞는 말이지만.

'이 빌어먹을 새끼야!'

꼭 그렇게까지 말해야 했는지 따져 묻고 싶었다. 하지만 나는 그 이후로 지금까지 아무런 질문도 하지 못했었다.

뭐, 이젠 상관없지만.

이유야 어쨌든,

"왜 그래? 새삼스럽게. 네 말대로 이런 게 자연스러운 세계잖아."

"……."

나는 이 세계에 발을 들였고, 이제는 발을 뺄 수 없을 만큼 깊게 관여해 버렸다. 이제는 돌이킬 수도 없다. 그래서 생존을 위해서라도 나는 이 세계에서 살아남아야 한다. 그러기 위해서 내가 밟고 일어날 제물이 필요했을 뿐이고.

"너…… '청춘 열차' 오디션 일부러 봤냐, 나 때문에?"

"에이, 설마. 네가 뭐라고."

송문교가 내 신경에 거슬렸을 뿐이다.

"왜 이제야 왔어? 얼른 들어와!"

회식 장소는 상암동 방송국 근방에서 가장 큰 고깃집이었다. 감독님 휘하, 선생님급 선배님들이 앉은 테이블이 정중앙에 위치했고, 그 양옆으로 조연배우들과 연출, 제작부 스텝들이 자리했다. 소윤과 김균오는 감독님 좌우 옆자리에 앉아 있었고, 송문교의 자리와 내 자리도 같은 테이블이었다.

"어어, 재희 군! 여기 앉아."

'재희 씨'라고 부르며 선을 긋던 오미란 선배님은 어느새, 내게 말을 편하게 하며 자신의 옆자리로 불렀다.

"늦어서 죄송합니다. 선배님."

나는 환하게 웃으며 오미란 선배님 옆자리에 앉았다. 불판 위의 고기는 어느새 노릇하게 익어 있었다.

"집게 이리 주세요. 이제부터라도 제가 구울게요."

"으응, 그럴래? 그런데 문교 씨는 왜 그러고 서 있어?"

"……."

오미란 선배님의 질문에 송문교가 쭈뼛거리더니, 테이블 가장 외진 자리로 걸어갔다.

"어어? 문교 씨. 거기 테이블 고기도 다 안 익었는데. 여기로 오지?"

"속이 조금 불편해서요."

싹싹하고 살뜰하게 선배님들을 먼저 챙겨야 할 송문교가 오히려 선을 그어버리자, 오미란 선배님의 표정이 미세하게 일그러졌다.

"속이…… 불편한데 고깃집은 왜 와?"

그리고 들릴 듯 말 듯 작은 목소리로 중얼거린다.

"주연 배우가 감독님 앞자리에 앉아야지. 버릇없게 무슨 경우야."

그런데 어째…… 멘트가 조금 세다.

하지만 틀린 말도 아니었다. 드라마의 흥망을 좌지우지할 주연 배우라면, 이런 자리에서 오히려 선배님들을 깍듯이 챙기며 감독님의 말동무가 되어야 한다. 하지만 송문교는 들었는지 못 들었는지, 계속 묵묵부답으로 일관했다.

"저 친구, 원래 저래?"

오미란 선배님은 눈살을 찌푸리고는 내 쪽으로 시선을 돌리며 물었다.

"글쎄요. 저도 안 친해서요."

"그래? 쯧, 벌써부터 저러면 안 될 텐데."

그녀는 내 쪽으로 고개를 돌리며 송문교를 볼 때와는 180도 다른 눈빛으로 내 접시 위에 고기 한 점까지 올려주시며 화룡점정을 찍으셨다.

"재희 군, 먹으면서 해."

아주 환하고 친절한 미소로.

"……감사합니다."

오미란 선배는 은근히 권위의식도 있고, 여배우로서 후배들에게 바라는 바도 뚜렷한 사람이다.

"……."

이 사람에게는 무조건 잘 보여야겠다는 생각이 번쩍 든다.

그때, 감독님이 자리에서 일어나시더니 술잔을 들이 올리며 말씀하셨다.

　"자자. 잔 채우시고. 여기 있는 사람 전부 돌아가면서 건배 제의할 거니까, 다들 멘트 준비해요!"

　족히 삼십 명은 되는데, 모두 건배를 하면 도대체 술을 얼마나 마시겠다는 거야?

　하지만 나는 잡생각들은 머릿속에서 지워버리고 술잔을 높이 들어 올렸다.

　"자! 배우님들 오늘 리딩하시느라 고생 많이 하셨습니다. 앞으로도 잘해봅시다."

　눈앞에는 찰랑이는 소주도 있고, 두꺼운 삼겹살도 있다. 일단은, 먹고 생각하자.

　"건배!"

　짠!

　술잔이 부딪치는 소리가 고깃집을 가득 채운다.

　나는 이틀의 휴가를 받았다.

　"리딩도 잘 마무리되었으니까, 이틀만 푹 쉬었다, 와."

　"일종의 휴가인가요?"

"그래. 작품 들어가면 쉴 시간도 없을 거다. 그러니까 술 먹지 말고, 그냥 쉬어. 안 쉬고 놀다가 막상 촬영 들어가서 후회하는 애들 여럿 봤다."

박찬익 팀장의 말에 내가 한 대답은,

"이제 더 이상 쉬는 것도 지겹다고요."

진짜 쉬는 것도 지겹다. 이제껏 내가 얼마나 쉬었던가.

마음 같아서는 내일이라도 당장 일을 시작하고 싶었지만, 아직 세트도 짓는 중이고, 촬영까지 시간이 좀 걸린다며 차분하게 기다리라고 조언해 주었다.

"배우는 잘 쉬는 것도 일이라더라. 그렇게 쉬는 게 갑갑하면, 우선 이거라도 읽어보고 있어."

"이게 뭔데요?"

박찬익 팀장은 내게 대본 몇 권을 건네주며 말했다.

"올 하반기에 크랭크 업 들어가는 영화들인데, 너한테 괜찮을 것 같아서 챙겨왔다. 마음에 드는 작품 있으면 한 번 골라봐. 오디션 넣어줄게."

이번 일로 확실히 회사에다 눈도장을 찍었는지, 이제껏 누구도 내게 권하지 않던 '신작 대본'을 내게 건네준다.

대본은 총 세 권이었다.

〈면목동 예술가들〉, 〈여인의 외침〉, 〈버스 드라이버〉 모두 깔끔하게 제본된 영화 시나리오였다. 프리프로덕션 진행

중이며, 조만간 배역 오디션을 할 예정이라고 했다.

"감사⋯⋯ 해요."

"너한테 대본 주는 거 처음이지? 미안하다, 이제야 알아봐서. 너 리딩 때 보니까, 연기 참 잘하더라. 이번 작품 잘 끝내고 영화 한두 개만 하면, 어쩌면 네 이름으로 섭외도 들어오겠어."

섭외.

듣기만 해도 설레는 단어다. 오디션을 통해 내가 쟁취하는 것이 아니라, 사람들이 나를 갖기 위해 돈을 더 크게 부르며 쟁취하려 드는 것.

"좋네요."

"기대해도 좋을 것 같다. 문교도 처음 시작은 나쁘지 않았는데, 어째 얘는 경력을 쌓으면 쌓을수록 점점 꼬이냐 그래? 아주 스트레스야. 뭐, 너한테 할 얘기는 아니지만."

"고생이 많으시네요."

"그런데 문교랑 사이, 정말 괜찮겠냐?"

나는 가볍게 고개를 끄덕였다.

"괜찮아요. 문교가 어린애도 아니고, 공적인 자리에서는 조심하겠죠."

그렇게 말하면서도 나는 알고 있다. 송문교가 천생 관심받고 싶어 하고, 세상의 중심이 자기라고 생각하는 어린아이라는 것을. 아직까지는 성격이 도도하다는 것 외에는 별다른 사고를 치진 않았지만 그게 그리 오래 가지는 않을 것이다.

"그럼, 푹 쉬고. 이틀 뒤에 보자."

박찬익 팀장은 차에 올라 회사로 돌아갔고, 나는 홀로 도곡동의 외진 빌라 건물의 계단을 올랐다.

다시 일상으로 돌아왔다.

[대본을 흡수하시겠습니까?]

손에 들려 있는 세 권의 대본들은 어김없이 내게 말을 걸어왔다. 나는 조금이라도 빨리 대본을 읽어보고 싶은 기대감을 애써 누르며 집 안으로 들어섰다.

그런데…….

오늘은 뭔가 다르다.

[대본 친화력이 MAX 상태가 되었습니다.]
[미개방 영역 '완성도'가 개방됩니다.]
[대본의 완성도를 측정합니다.]
[완결되지 않은 대본에는 효력이 없습니다.]

느닷없이 들려온 목소리.

그리고 내 손에 들려 있는 세 권의 대본에는, 조그만 숫자

따위가 적혀 있었다.

　-영화 미개봉작 <면목동 예술가들> [67/100]
　-영화 미개봉작 <여인의 외침> [58/100]
　-영화 미개봉작 <버스 드라이버> [62/100]

애초에 대본 인쇄에 쓰이는 잉크와는 질감 자체가 다른 것 같았다.

"이건……:"

새로운 능력이다.

··· 3장 ···

당신의 아들도

나는 남들과 다른 특별한 능력을 가지고 있다. 대본을 집어 삼켜 대사를 완벽히 암기(暗記)하고, 대본에 기재된 모든 배역을 완벽히 소화(消化)하는 것. 그런데 방금 다른 능력이 하나 더 생겼다.

분석(分析).

대본을 분석하여 대본의 '완성도'를 측정하는 능력이다.

내가 처음, 이 능력을 발견했을 때는.

'이게 뭐지?'

너무나 황당했지만, 처음 대본이 내게 말을 걸어왔을 때만큼 놀라지는 않았던 것 같다. '대본이 내게 말을 거는데 이 정도쯤이야'라며 대범하게 마음을 먹고 어떤 능력인지 알아보는데 집중했다.

-영화 미개봉작 <면목동 예술가들> [67/100]
……

마치 100점 만점에 점수를 의미하는 것 같기도 했고, 다운
로드의 로딩을 의미하는 것 같기도 했다.

그리고 분명히 처음 설명에 '완성도'라는 말이 있었다.

"이거…… 혹시."

혹시나 하는 마음에, 책장 한구석에 꽂혀 있는 다른 영화
대본들을 꺼내 들었다.

-영화 <그 교도소의 기적> [92/100]
-영화 <변호사> [96/100]
-영화 <맛있는 연애, 짭짤한 썸> [45/100]

다른 영화 대본에도 똑같이 숫자가 표기되어 있었다.

"시나리오의 완성도?"

천만 영화라는 타이틀을 가진, 한국 영화 역대 흥행 순위
최상단에 위치한 두 작품의 시나리오 점수는 90점 이상으로
높았고, 손익분기점인 150만도 넘지 못했던 송문교의 스크린

데뷔작인 〈맛있는 연재, 짭짤한 썸〉은 고작 45점이었다.

즉, 시나리오의 완성도만으로도 어느 정도 흥행 가능성을 예측할 수 있는 셈이다. 물론, 대본이 좋다고 반드시 흥행한다는 법은 없다. 대본 만큼 중요한 것이 캐스팅과 연출의 실력, 그리고 개봉 시기라는 '운'도 맞아떨어져야 한다.

'완성도=흥행'이 아니라 단순히 시나리오가 가진 힘을 수치로 표시한 것일 뿐이다.

하지만 최소한 내가 앞으로 쌓아갈 필모그래피에 악영향을 끼칠 수 있는 '지뢰작'을 거르는 데 힘이 되기에는 충분했다. 또 한 가지 조금 '특별한' 것이 있었는데.

[67/100](+10)

…….

이처럼 괄호 안에 기재되어 있는 숫자, 이 숫자는 아마도 내가 해당 작품을 선택하면 발전시킬 수 있는 일종의 가능성이자, 이 대본이 나를 만나 성장할 수 있는 여지인 셈이다.

"이거…… 장난 아니네."

거기다 대본의 어떤 점이 부족한지 머릿속에 일목요연하게 들어오니, 배우가 아니라 평론가를 해도 될 정도.

나는 문득, 〈청춘 열차〉의 대본을 잡아보았다.

하지만 영화 시나리오와는 다르게, 숫자가 나오지 않았다.

[완결되지 않은 대본에는 효력이 없습니다.]

'사전 제작' 드라마의 경우에는 '16부' 전체 완성 대본을 가지고 촬영에 들어가지만, 일반적으로는 시청자 반응을 모니터하며 라이브로 대본이 쓰여진다. 즉, 대본의 미래가 불투명한 〈청춘 열차〉의 대본에 이 능력을 사용하는 것은 불가능하다는 말이다.

"드라마에선 대부분 꽝이네."

하지만…… 이게 어디야.

이 능력이 주는 위대함은 이미 드러났다. 나는 더 볼 것도 없이 박찬익 팀장에게 받은 대본 세 권을 침대 위로 던져 버렸다.

67점, 58점, 62점……. 저런 작품은 굳이 안 해도 되잖아.

작품은 많다. 당장 올해 상반기에 들어가는 작품만 해도, 회사 사무실 테이블에 탑처럼 쌓여 있지 않은가. 천천히 기다리면 기회는 온다.

우선 〈청춘 열차〉에 집중하고, 흥행 가능성이 보이는 작품이 나타날 때, 놓치지 않으면 된다. 급하지는 않게, 하지만 긴장을 늦추지 않고 차분히 기다리면 된다.

나는 얼굴에 찬물을 끼얹어 술기운을 몰아낸 뒤, 전화기를 들었다.

"형."

얼마 남지 않은 휴가를 즐길 생각이다.

문성이 형은 내 전화를 받자마자 곧바로 천호동에서 도곡동까지 달려와 주었다.

사장님이 이렇게 자리를 비워도 되냐는 내 질문에.

'내가 사장이니까' 라며, 어깨를 으쓱인다.

뭐, 어쨌든 마땅히 연락하고 지내는 친구도 없는 내 입장에서, 휴가를 적적하지 않게 채워주는 고마운 형이다. 오디션 합격과 대본 수정 그리고 오전에 있었던 리딩과 회식에서의 일을 말해주었다.

문성이 형은 배우를 그만둔 이후로 가장 크게 웃으며 말했다.

"크하하! 송문교. 그 새끼 표정을 나도 봤어야 하는데."

"뭐, 혼자 보기 아깝긴 했지."

"큭큭큭. 그래, 우리 재희 이제 좀 풀리려나 보다. 하긴! 우리 때 회사에 있던 애들 중에서 너만큼 열심히 하던 애가 누가 있었냐? 이제 보상받을 때도 됐지."

L&K는 업계에서 '배우 전문'이라는 이미지가 강하게 박혀 있는 기획사다. 아이돌도 키우지만, 확실히 배우 라인이 강세를 보였고, 회사 이름값을 믿고 나처럼 무명 시절을 보낸 연기자 지망생도 여럿 있었다. 물론, 대부분 실패를 맛보고 각자 삶을 찾아 회사를 떠났지만.

나는 소주잔을 들고 입에 털어넣었다.

"크으, 좋네."

일종의 '살아남았다'라는 희열이 느껴지는 맛이다. 목구멍을 넘어가는 소주가 달달하게 느껴지는 것이 얼마 만인가. 회식에서 마신 술기운에 더해 기분 좋은 취기가 스며든다.

자정이 훌쩍 넘은 야심한 시각. 김이 모락모락 나던 어묵탕은 미지근해졌고, 그만큼 많은 소주병이 비워졌지만 정신은 그 어느 때보다 또렷하다.

"어쨌든, 기죽지 말고 잘해 봐."

나는 고개를 끄덕이며, 소주병을 들어 문성이 형 잔을 채워주었다.

꼴꼴꼴꼴.

그리고 지나가듯 물었다.

"형은 복귀할 생각 없어?"

내 질문에 문성이 형은 대수롭지 않게 말했다.

"시작도 제대로 못 해봤는데 복귀는 무슨."

"연기 다시 하고 싶지 않냐고."

"하고는 싶지. 근데, 또 그 지옥 같던 시절을 생각하면 조금 참는 게 맞는 것 같기도 하고. 잘 모르겠다."

누구나 하고 싶은 것은 있게 마련이다. 그걸로 돈을 벌 수 있느냐, 없느냐와 같은 현실적인 문제가 남아 있기에 대부분 참고 살아갈 뿐이다. 그래서 포기한 사람을 낙오자라고 비난할 수도, 뭐라 감히 위로할 수도 없다.

그냥 이렇게 술 한잔 곁에서 주고받으면 그뿐이다.

"그런데 확실한 건, 왜 그런 말 있잖아? 배우가 무대를 떠나면 귀신이 되어서도 무대로 돌아온다는 말. 예전에는 그 말을 이해 못 했는데, 지금은 이해된다."

하지만 나중에, 그러니까 1, 2년 뒤에 내가 누군가를 챙길 수 있는 위치에 오른다면, 그때 내가 도와주고 싶다.

"TV 돌리다 무심결에 드라마만 나와도 옛날 생각난다니까. 그러다 괜히 부러워져서 리모컨을 던져 버리지. 끌끌."

하지만 굳이 도와주겠다는 말을 입 밖으로 꺼내지는 않았다. 사람 인생이 걸린 일이고, 내가 평생 책임져 줄 것도 아니니 멋대로 지껄일 수는 없는 노릇이니까. 하지만 도와달라고 요청한다면 모르는 척 뿌리치지는 말자.

"다음번에 만날 때는 형, 내가 진짜 근사하게 쏠게."

"오올, 기대되는데? 그때는 룸이라도 잡아야 하는 거 아니냐? 너, 얼굴 팔리면 안 되니까."

"풉. 그 정도는 아니네요."

술 때문에 기분이 매우 감상적으로 변한다.

아, 도대체 얼마나 마신 거야.

눈을 뜨자마자 본가(本家)가 있는 사당동 내방 천장이 보였다. 다행히 집에는 잘 들어왔다는 안도감과 함께 천장이 핑글핑글 돈다.

"아…… 머리야."

대체 얼마나 마신 거지?

얼핏 떠오르는 숫자만 소주 다섯 병이다. 마지막 잔을 털어넣은 뒤의 기억은 마치 뿌연 스모그가 잔뜩 낀 것처럼 희미하고, 파노라마처럼 짤막하다.

"미쳤네."

몇 달 만에 오는 집에 이런 꼴로 들어오다니.

"일어났어?"

그때 문을 열고 어머니가 들어오셨다. 가까운 서울에 살면서도 명절에나 얼굴을 뵙는 어머니. 내가 의도적으로 집에오는 것을 꺼렸기 때문이다.

'연기는 할 만하니?'

이러한 질문은, 스물여덟의 나이에 취직도 안 하고 돈도 못 벌고 있는 나에게는 꽤나 곤혹스러운 질문이었으니까.

"저…… 어제 몇 시에 들어왔어요?"

"아주 늦게 들어오셨습니다, 아드님. 문성이가 그러는데, 자기 아니었음, 너 길바닥에서 입 돌아갔을 거란다."

아, 나 뭐하는 거냐.

"어서 나와. 콩나물국 끓여뒀으니까."

"네……"

집은 여전했다. 특별할 것 하나 없는 평범한 가정집. 빚으로 쌓아 올린 작은 빌라 건물이지만, 집안 곳곳에 알뜰살뜰함이 묻어 있고 따뜻한 온기가 있다.

하지만 묘하게 불편했던 기억도 함께 공존한다. 식탁에서 가족들과 함께 밥 먹는 것에 대한 불편함, 그 불편함에 평소 같았으면, 함께 식탁에 마주 앉는 것조차 피하고 싶었을 테지만, 나는 오늘만큼은 덤덤하게 자리에 앉았다. 떳떳하게 할 말이 있었기 때문이다.

"스트레스 많이 받니?"

몇 달 만에 보는 아들이 난데없이 술에 잔뜩 취해 들이닥쳤으니, 새벽 내내 속이 얼마나 까맣게 타들어 가셨을까 싶었다.

"아니요, 요즘 좋아요."

죄송스러운 마음을 숨기며, 콩나물국을 한 입 떠먹었다.

후룩.

아, 조금 살 것 같다.

어머니의 표정을 살폈다. 나이가 들어도 여전히 고운 미모를 자랑했다. 내가 배우를 꿈꿀 수 있었던 것도 어머니를 닮았기 때문이다.

하지만 눈가의 깊어진 주름을 보니, 확실히 나이를 드신다는 것이 점점 실감이 간다.

"……."

나는 어떻게 말을 꺼내야 할지 몰라 우물쭈물 망설였다. 이런 쪽으로는 확실히 경험이 없어서 그런지 어색하다.

"맛있니?"

"네."

내 대답에 어머니가 안도의 미소를 지으며 말씀하셨다.

"술이 떡이 된 놈도 내 아들놈이라고 반갑긴 하더구나. 꼭두새벽부터 콩나물국도 끓여놓았으니, 엄마 노릇은 다한 거 같은데."

어머니가 장난스럽게 웃으셨다.

순간 그 웃음을 보자 묘하게 용기가 솟구쳤다.

"앞으로 아들 얼굴 자주 보게 되실 거예요."

"응?"

"12월 18일 밤 10시. SBC 미니시리즈 청춘 열차."

"그게…… 뭐니?"

아, 나 지금 뭐하는 거야.

두서없이 프로그램 정보만 주절주절 흘려 버렸다.

"흠흠…… 오디션에 붙었어요. 비중도…… 크고, 이번에는 기대하셔도 좋을 것 같아요."

"응……?"

어머니는, 아침드라마에 이미지 단역으로 아주 짤막하게 지나간 내 모습을 보며, TV에 나왔다며 소녀같이 좋아하시던 분이다.

어머니의 메신저 프로필 사진은 TV에 짤막하게 스치듯 지나간 내 단역 캡처 사진이고, 그 사진은 지난 1년 동안 바뀐 적이 없다.

"그, 그게 정말이야?"

확실히 말할 수 있다. 어머니는 그 누구보다, 내 성공을 바라마지 않는 분이다.

"네. 이제 프로필 사진 바꾸셔도 돼요."

어머니의 표정이 이상하게 변했다. 웃어야 할지, 놀라야 할지, 울어야 할지, 당최 모르겠다는 듯 허둥지둥 귀여운 반응이셨다.

"정말?"

꼭두새벽에 들어온 술에 취한 못난 아들놈이, 뜻밖의 희소식을 물고 들어왔다.

"네."

"얏호!"

마치 자신의 일처럼 기뻐하는 어머니의 얼굴을 보며, 이제 껏 이날을 위해서 오디션에 떨어졌나 싶을 정도로 얼떨떨한 감 정을 느꼈다.

몰려드는 뿌듯함, 한없이 커진 자신감, 그리고 피가 끓어오 르는 듯한 기분을 느끼게 하는 머릿속의 도파민. 당최 느껴본 적 없는 감정들이 한데 모여 소용돌이쳤지만, 한 가지는 확실 하다.

지금 이 순간이 내가 연기를 시작하면서 가장 기다려 왔다 는 순간이라는 것.

아, 이거야.

어머니는 신난다며, 주방 파업을 선언하셨다.

"오늘은 외식이야!"

그러면서 하루 종일 휴대전화를 놓지 않으신다.

"여보 빨리 들어와요, 알았죠? 아, 글쎄 할 얘기가 있다니까 그러네!"

뿐만이 아니라, 첫 방까지 아직 한 달이나 남았는데 벌써부터 홍보를 시작하셨다.

"내 아들이 나온다니까! 그래! 12월 18일 밤 10시야, 10시. SBC '청춘 열차'!"

"……."

어머니, 그거 아직 티저 촬영도 안 들어갔어요.

포털사이트에 〈청춘 열차〉를 검색해도 그 흔한 포스터 사진이나, 티저 영상 하나 나오지를 않는다.

[송문교 SBC 후속 드라마 <청춘 열차(가제)>발탁]
['애프터 픽시' 소윤, 심쿵 여사친으로 변신!]

이런 캐스팅 관련 보도기사뿐이다.

아, 나도 있긴 있다. 내 기사가 아니라, 송문교 기사 한 귀퉁이에 자리 잡은 짤막한 문장뿐이지만.

[……배우 송문교와 같은 L&K 소속 신인배우 도재희는 조연 김도훈 역할로 출연하여 진한 우정을 선보일…….]

다른 사람 등에 올라탄 셋방살이 신세일 뿐이지만 어머니를 감동시키기에는 신문기사에 쓰여 있는 내 이름 세 글자면 충분했다.

"우리 아들이 기사에 나오다니!"

어머니는 소녀같이 좋아하셨고, 나는 그 모습을 연신 흐뭇하게 바라보며 웃었다.

어머니의 강압적인 명령에 이른 귀가를 하신 평범한 회사원인 아버지는, '오디션 합격'이라는 얘기에 어안이 벙벙한 얼굴로 내게 물으셨다.

"소고기 먹을래?"

하나뿐인 외동아들의 '연예계 성공'을 반쯤 포기하고 계셨던 가족의 응원을 다시 얻은 것만으로도, 짧은 이틀간의 휴가는 성공적이었다고 말할 수 있다. 가족에게도 떳떳하지 못했던 배우 지망생이, 이제 앞만 보고 달려 나갈 수 있도록 든든한 지원군을 얻었으니까.

나는 천천히 오라는 박찬익 팀장의 말에 점심 식사를 마치고 오후 두 시 정도에 L&K 사옥으로 들어섰다. 이 시간의 사무실은 비교적 한산한 편이다. 촬영이 있을 팀들은 모두 촬영을 나가고, 스케줄을 정리하는 실장급 이상만이 남아 있기 때문이다.

박찬익 팀장은 나를 기다리고 있었다.

"어, 왔어. 이야, 푹 쉬었나 본데? 얼굴 좋아 보인다."

술 엄청 먹고 다음 날 하루 종일 쉬었으니, 뭐 그다지 틀린 말은 아니지.

"특별한 소식이 있다. 잠시 기다려 봐."

박찬익 팀장이 어디론가 전화를 걸었다. 전화하는 내용이 누군가를 부르는 눈치였고, 오래 기다리지 않아 사무실로 두 사람이 들어섰다.

"어? 재익이 형."

대본이 처음 내게 말을 걸어오던 날. 내게 〈청춘 열차〉 대본을 가지라며 건네주었던, 매니저 황재익 형이다. 그리고 그 옆에는 처음 보는 여자가 한 명 서 있었다.

"인사해. 앞으로 재희 너 담당으로 붙을 친구들이야. 재익이 는 잘 알지? 신입 들어오기 전까지 당분간 재익이가 로드 뛰어 줄 거고, 옆에는 의상 챙겨 줄 친군데…… 이름이 뭐라고 했지?"

"영미요."

"아 그래, 이쪽은 영미 씨. 전에 다른 회사에서 일하다 이번 에 새로 들어온 친구. 일단 천천히 인사들 나누고, 재익이한테 스케줄 전달하고 인수인계해놨으니까 앞으로 재익이 통해서 들으면 된다."

로드매니저와 스타일리스트. 내 팀이 만들어졌다. 그런데 여기서 한 가지 의문.

"근데 형, 로드도 뛰어요?"

매니저 황재익.

재익이 형은 다른 기획사에서 매니저로 일하다 L&K로 넘어온 경력자다. 나이는 서른이 조금 넘었고, 일을 시작한 지는 어언 7년 정도 된 베테랑 매니저. 직급이 실장이라 로드매니저를 뛸 짬은 아니다.

이런 내 질문에 재익이 형은 코를 찡그리며 말했다.

"요새 매니저가 워낙 부족하잖냐. 박봉에 일은 힘들지, 거기다 막상 뚜껑 열어 보면 자기가 생각했던 연예계가 아니거든. 며칠 해보고 다 때려치우잖아. 쯧쯔. 근성이 없어, 애들이……. 이럴 때는 나 같은 중간 짬밥이 제일 애매하다니까."

"아아."

"뭐, 그래도 불만은 없다. 확실히 현장 보는 게 내부 작업보다 편해. 오랜만에 로드 뛰면 옛날 생각도 나고 재미는 있겠네."

확실히 베테랑 매니저가 내 옆에 있어주면, 현장에 대해 잘 모르는 신인 입장에서 든든하긴 할 것이다.

이번에는 옆에 멀뚱히 서 있는 여자를 바라보며 말했다.

"영미 씨라고 했죠? 저는 도재희라고 합니다. 잘 부탁드립니다."

"안녕하세요오!"

나이는 이십 대 초반 정도로 보인다. 노랗게 물들인 염색이며 진한 화장에 쭉 찢어진 눈까지. 그다지 호감 가는 인상은 아니었지만, 패션 센스 하나만큼은 남달라 보였다.

하얀 니삭스에 홍대에서 유행할 법한 펑퍼짐한 통바지, 거기다 뜬금없는 샤넬 클러치 백.

"......"

음, 확실히 남다르다.

"재희야. 밥은 먹었어?"

"예. 형은 식사하셨어요?"

"마침 나도 먹었다. 그럼 어디 가서 커피라도 마시면서 얘기할까?"

갑작스럽게 편성된 '도재희 크루' 우리는 카페를 찾아 사무실 밖으로 나섰다. 하지만 우리 세 명이 어딘지 모르게 어울리지 않는다고 느끼는 것은 비단 나뿐만이 아닐 것이다.

"근데 영미 씨는 고향이 어디야? 약간 사투리가 섞여 있는 것 같은데."

"김해요."

"으음 역시. 경상도 억양이 섞여 있더라니……. 나는 어디일 것 같아?"

"주문진?"

"주문진, 강릉 주문진?"

"몰라요, 그냥 생각나는 대로 말해서."

"으흥흥. 영미 씨는 농담 좋아하는구나."

"그래 보여요?"

"……."

말하는 것을 좋아하는 매니저 형과, 극도로 단호박을 시전 중이신 스타일리스트. 거기에 이상한 능력을 쓰는 배우까지.

확실히 일반적인 조합은 아니다. 마치 어벤져스같이 어울리지 않는 우리 세 사람은 회사 근처 카페에 들어가 커피를 주문하고 자리에 앉았다.

"자! 이제 일 얘기 좀 해볼까?"

하지만 이렇게 어울리지 않는 사람들도 일 얘기에 들어가니 단번에 눈빛이 달라진다.

장난기 가득하던 재익이 형의 눈은 진지해졌고, 단호하기만 하던 영미 씨의 눈은 드라마 판에서 십 년은 구른 듯한 프로의 눈빛으로 바뀌었다.

"일단, 이번 주 토요일에 춘천에서 티저랑 포스터 촬영 예정되어 있고. 여기, 이건 티저 콘티."

"이건 '청춘 열차' 의상 팀장 언니 만나서 컨셉 정리한 사진들이에요."

내가 쉬었던 이틀 동안, 벌써 촬영 준비는 빠르게 진행되고 있었다. 재익이 형이 건네준 티저 콘티와 스케줄 표는 종이 한 장에 깔끔하게 정리되어 있었고, 영미 씨가 건네준 파일에는 의상 컨셉을 샘플로 뽑은 모델들의 사진들이 십여 개 정도 나열되어 있다.

"티저 컨셉은 기차 여행이야. 과거로 돌아가는 듯한, 신비로운 느낌이랄까. 어디서 본 것 같은 흔한 컨셉이긴 하지만…… 그만큼 '청춘 열차'와 어울리긴 해."

기차를 타고 과거로 돌아가는 듯한, 신비로운 장면이라. 1화 1신이 기차 여행을 떠나는 주연들이니, 나름대로 일맥상통하는 느낌이다.

영미 씨가 말했다.

"의상은 감독님이랑 의상 팀장님 뜻이 확실해서 고르기는 쉬웠어요. '김도훈' 직업이 저널리스트라 특별한 의상이 필요하지는 않아서 더 편했고요. 심플하면서 조금 모던한 느낌만 강조했어요."

진녹색 야상에 청바지와 슬립 온, 혹은 잘빠진 항공 점퍼를 입고 사원증을 목에 걸고 있는 배우들의 샘플 사진이 눈에 들어왔다.

모두 내가 입을 의상 컨셉들이다.

"……완벽한데요."

나 역시 회사 짬밥이 있기에 이런 서류들은 어깨너머로 많이 보았다. 쉬워 보여도 이 정도 샘플을 수집하려면, 상당히 공을 들였을 것이다.

재익이 형은 별일 아니라는 듯 손사래를 쳤다.

"아직 시작도 안 했는데 벌써부터 문제 생기면 일 때려쳐야 지."

"그런가요."

나는 천천히 콘티를 숙지하기 시작했다. 이 정도는 굳이 흡수할 필요는 없었다. 머릿속에는 이미 '김도훈'이 있고, 촬영하는 장면은 대사가 없는 이미지 컷들뿐이니까.

"촬영장이 춘천이라고요?"

"어어. 경강역이라고, 지금은 폐역이라 관광지로 쓰이는 조그만 간이역인데, 거기서 컷 몇 개 따실 거래."

벌써 머릿속에서 그림이 떠오른다.

고즈넉한 간이역을 거니는 안개 속의 사람들. 이제는 다니지 않는 기찻길에서 안개를 뚫고 흘러가듯 멀어지는 기차. 김도훈의 걸음걸이, 간단한 제스처, 표정 등등 모두 선명하게.

"포스터도 간이역 배경으로 찍을 거야. 간 김에 다 찍어버리면 좋지 뭐."

"재밌을 것 같은데요?"

"그럼! 재밌어야지. 이제부터 시작하게 될 일들이, 그동안 네가 얼마나 기다리던 일이냐."

재익이 형이 나를 물끄러미 바라보았다. 이 형은 그동안 남몰래 기울여왔던 내 노력에 대해 조금은 알고 있는 사람이다. 단순히 대본 테이블 옆자리라서가 아니라, 아무도 아는 체하지 않던 무명 배우에게 가끔 안부 인사도 묻던 형.

"입 발린 소리 같겠지만, 네가 매일 출석체크 하듯 사무실에서 대본 읽을 때, 조만간 빛 보겠구나 생각했다."

"으음, 감동인데요."

"진짜야 임마. 큭큭, 영미 씨. 얘 대본 읽는 눈빛이 어땠는 줄 알아? 욕심은 많은데, 그거 숨기려고 애쓰는 것 같았어. 완전 이글이글 대본 다 씹어 먹을 기세 같은 거 있지?"

나는 잠시 입을 다물었다.

욕심이 많은데 숨기려고 애쓴다? 어찌 보면 맞는 말이다. 앞으로는 표정 관리에 더 신경 써야겠는데.

"기분 나쁘게 오해하지는 말고, 배우가 그런 욕심도 없으면 되겠냐."

이번에는 내가 물었다.

"그럼 지금은요?"

"지금?"

"네. 지금은 어떤 것 같아요?"

재익이 형이 나를 뚫어져라, 쳐다봤다. 그러더니 이내 피식, 웃고는 알 것 같다는 듯 말했다.

"아직 조금 부족해 보이는데?"

괜히 7년 경력 매니저가 아니라는 건가. 마치 내 마음을 읽기라도 한 듯, 재익이 형이 씨익 미소 지으며 말했다.

"재희, 욕심 많구나."

그러자 옆에서 가만히 듣고만 있던 영미 씨가 입을 열었다.

"아닌데. 지금 충분히 행복해 보이시는데. 반 주연급 캐릭터로 미니시리즈 데뷔하시잖아요. 이제 뜰 일만 남았는데."

"아아, 영미 씨는 오늘 재희 처음 봤지? 나는 얘 오래 봤거든. 착해 보이는 얼굴 뒤에 시꺼먼 게 있을지도 모른다고. 이건 내 촉이 맞아. 얘, 이걸로는 부족해."

"전 잘 모르겠네요."

"맞다니까?"

"글쎄요."

"영미 씨…… 은근히 말꼬리 잡는 버릇이 있구나."

나는 웃음이 터질 뻔했지만 참았다.

"푸흡! 그만 하세요. 둘 다 맞으니까."

둘 다 맞는 말이다. 지금 현재 더없이 행복하지만, 마음 한 구석에서 허전한 기분도 감출 수가 없다. 빨리 성공하고 싶다는 조급함이, 자꾸만 내 욕심을 부추긴다.

"그건 그렇고. 자! 우리 도 배우님 데뷔 기념으로 저녁이나 먹고 퇴근할까?"

"저녁 좋죠. 영미 씨는 어때요?"

"뭐, 나쁘지 않죠."

"그래그래. 찬익이 형한테 활동비 잔뜩 받아올게. 뭐 먹고 싶어?"

"음, 감자탕 어때요?"

"좋지. 영미 씨는?"

"나쁘지 않죠."

"영미 씨……. 조금 독특하다는 얘기 많이 듣지 않아?"

은근히 재미난 조합이 될 것 같다는 생각도 들었다. 이들의 업무 능력이야 이미 확실히 보여줬다.

이젠 내 차례다.

이들이 내게 판을 깔아주었으니, 나는 그 믿음에 보답하듯 판에서 실컷 뛰어놀기만 하면 된다.

티저 촬영은 내일모레.

자, 어떻게 놀아볼까.

··· 4장 ···

보여주기

티저 촬영이 있는 날이다.

이른 새벽 도곡동 빌라 건물을 나오자, 주차장에 카니발 한 대가 정차되어 있었다. 그 앞으로 재익이 형이 걸어 나왔다.

"일찍 나왔네? 10분 있다 전화하려고 했는데."

"첫 촬영이라 긴장돼서 그런지 자동으로 눈이 떠지더라고요. 좀 주무셨어요?"

"그럼, 로드 하던 경력이 있는데. 나는 아직도 새벽 공기가 제일 편해. 그럼 갈까?"

"네."

카니발 문을 여니 제일 뒷좌석에는 의상들이 가지런히 걸려 있었고 안에는 영미 씨가 타고 있었다.

피곤할 법도 한데, 멀쩡한 얼굴이다.

"안녕하세요오!"

"안녕하세요. 안 피곤하세요?"

"전혀요."

이틀 전, 우리끼리 저녁을 먹을 때 술을 간단하게 한잔 먹었는데, 그게 두 병이 되고 세 병이 되더니 급기야 3차까지 달려버렸다. 하지만 끝까지 얼굴색 하나 변하지 않은 사람이 바로 영미 씨다.

당최 정체를 알 수 없단 말이지.

"자, 그럼 출발합니다."

오랜만에 맡는 새벽 공기에 들뜨기라도 한 듯, 재익이 형이 콧노래를 부르며 운전을 시작했다.

콜 타임은 오전 9시였다. 도곡동에서 춘천까지 이동하는 시간도 있지만, 새벽 일찍 일어나 청담동에서 메이크업을 받는 일은, 앞으로 적응해야 할 숙제 같은 것이다.

샵에서 머리를 정리하며 간질간질 메이크업을 받고 있자니 잠이 쏟아진다. 하지만 메이크업을 마치고 영미 씨가 건네준 의상으로 거울 앞에 섰을 때는.

"이야, 우리 도 배우! 스타일 장난 아닌데."

몰려왔던 잠이 확 달아나는 기분이었다.

"어때요?"

샘플 사진에도 나와 있던 모던한 녹색 야상에 청바지만 가볍게 롤 업해서 입었을 뿐인데도 확실히 분위기가 달라졌다.

"좋은데요."

"좋기만 해? 문교랑 김균오 씨 이제 큰일 났네. 재희 옆에 서면 다 죽겠네, 다 죽겠어."

재익이 형의 칭찬에 힘입어 영미 씨는 내 모습이 흡족한 듯 연신 고개를 끄덕이며 말했다.

"오빠가 비주얼은 안 빠지니까. 사실 뭘 입혀도 옷걸이가 괜찮긴 해요."

"아냐. 내가 보기에는 영미 씨도 확실히 의상 고르는 눈이 있어. 응, 안 그래? 이거 내가 입으면 이런 핏 안 나온다니까."

"그건 당연하죠."

"영미 씨⋯⋯. 은근히 가슴에 못 박는 스타일이구나."

확실히 내 옷을 입을 때와는 다르게 조금 더 배역에 빠져드는 기분이다. 뭐랄까, 내뱉는 공기마저 점점 몰입되고 있는 기분이랄까.

그리고 발걸음을 옮길 때마다, 주변의 시선이 내게로 향했다. 이른 시각 청담동 샵 골목에서부터 쏟아진 호기심 가득한 시선들은 혼자 돌아다니며 받았던 시선과는 조금 이질적이었다.

'쟤 연예인이야?'

확실히 직접적인 시선들이다.

나는 곧바로 차에 올랐다. 춘천으로 향하는 길목에서는 이 상하게도 잠이 오지 않았다.

소윤을 바라보는 시선, 우진을 향하는 손짓, 강혁에 대한 생 각 등, 콘티를 살피며 머릿속에 중구난방으로 떠오르는 캐릭 터를 하나로 정리했다.

"이제 다 왔다."

카니발은 한적한 시골길에 들어섰고, '경강역'이라고 쓰인 조 그만 간이역에 도착했다. 역이라고 부르기엔 민망할 만큼 작았 지만, 옛 정서가 잘 묻어나는 곳이었다.

물론, 이제는 철로가 기찻길로 쓰이지 않고 레일바이크 전 용으로 쓰이기 때문에 근처에 주차장도 크게 생기고, 좌우에 는 여러 가지를 파는 천막들이 많이 보였지만. 그런 건 카메라 각도로 충분히 숨길 수 있을 것이다.

오전 8시 40분, 아직 콜 타임 전이라 그런지, 촬영 스텝들이 분주하게 움직이며 장비 정리를 하고 있었다.

"좀 기다릴래?"

"아뇨. 인사하고 올게요."

"그럴래? 아무래도 첫 촬영이니까, 그게 좋겠다. 같이 나가 자."

나와 재익이 형은 카니발에서 내려 스텝들 사이로 들어섰 다. 촬영 감독님과 조명 감독님은 일전 대본 리딩 때 얼굴을 뵈

었기 때문에 한눈에 알아보고 인사했다.

"안녕하세요. 감독님."

"아! 재희 씨."

그리고 촬영 퍼스트와 조명 퍼스트 등, 스텝들과도 간단하게 눈인사를 나누었다. 그렇게 인사를 하고 있는데 조연출이 한달음에 내게 달려왔다.

"오, 왜 벌써 나오셨어요? 추운데. 차에서 기다리시면 불러 드릴게요."

"나온 김에 감독님께 인사드리고 갈게요. 감독님은요?"

"섭외 부장님이랑 장소 둘러보고 계세요. 그럼 가실까요?"

나는 조연출을 따라 걸었다.

경강역 바로 뒤편에는 철로가 나 있었다. 녹슨 철길과 자갈밭을 따라 조금 걸으니, 감독님을 포함해 연출부와 섭외 부장님이 장소를 둘러보고 계셨다.

"감독님, 재희 씨 오셨습니다."

"오, 재희 씨. 왔어요?"

유독 나를 볼 때면, 알쏭달쏭한 미소를 지으시는 문병철 감독님은 나와 악수를 하며 어깨를 두드려 주었다. 그리고는 내게 자신이 서 있는 자리에 서 보라고 말했다.

내가 자리를 잡자, 촬영 감독님이 다가와 감독님과 연신 말씀을 주고받으신다.

그리고 결론은.

"그럼 좋네요."

어떤 식으로 촬영할지 감이 오시는 모양이다.

티저 촬영은 보통 외주 CF 감독과 그 휘하 팀이 따로 찍는 경우가 많지만, 이번에는 감독님이 직접 찍기로 자원하셨다고 했다. 미니시리즈 바닥에서 밀려날 위기에 놓여 있는 만큼, 의욕적인 모습이었다.

"안녕하세요! 감독님."

그때, 소윤과 김균오, 그리고 박청아 배우가 나란히 등장했다. 오전 9시, 그들은 딱 시간 맞춰서 도착한 셈이다.

"오, 어서들 와요. 아침 일찍 멀리까지 오느라 수고 많았어요."

배우들이 감독 주위에 몰려들자, 자연스럽게 촬영 감독님과 조명 감독님 등 헤드급 스텝들이 모여들기 시작했다. 슬슬 촬영에 들어가는 분위기였고, 문병철 감독님이 손뼉을 짝! 치며 이야기하셨다.

"자! 그럼 배우들도 다 모인 것 같은데, 따뜻한 커피라도 마시면서 콘티 얘기 좀 할까요?"

"네, 감독님."

아, 그런데 한 명이 안 왔는데.

그때 조연출이 앞으로 나서며 나지막이 말했다.

"감독님, 죄송합니다. 아직 문교 씨가 안 왔습니다."

"응?"

오전 9시 10분. 지각이다.

문병철 감독님이 시간을 확인하더니 물었다.

"문교 씨는 언제 오신대?"

"확인해 보겠습니다."

"쯧. 주연 배우가 안 왔는데 그럼 기다려야지. 자자, '송문교' 씨 오시면 시작할 테니 대기하세요."

은근히 이름을 밝히며 면박을 주려는 속셈이 눈에 보인다. 첫 촬영부터 얼굴을 붉히고 싶지는 않으신 듯 불편한 감정을 크게 드러내지는 않았지만, 문병철 감독이 얼마나 권위적인 감독인지는 박찬익 팀장에게 들어서 잘 알고 있다.

저 무덤덤한 얼굴 속에서 무슨 생각을 할까.

나와 다른 배우들이 차에서 기다리기 위해 주차장 방향으로 향하자 조연출이 무전기에 대고 나지막하게 물었다.

"문교 씨 오셨는지 확인해봐."

곧 무전기에서 소리가 들려왔다.

지이익!

-아직 안 오셔서 방금 전화해 봤는데, 5분 안에 오신다고 합니다.

"뭐, 첫 촬영부터 늦어? 야, 임마! 네가 미리미리 체크했어야지. 전화 안 하고 뭐 했어?"

이건 FD의 잘못이 아니다. 하지만 조연출은 그 화를 FD에게 풀고 있었다.

어쩐지 안타까운데.

촬영장 분위기가 삽시간에 싸늘하게 변했다. 하지만 재익이 형은 눈에 다 보인다는 듯 말했다.

"걱정 마, 보여주기니까."

"네?"

"감독님이 첫 촬영부터 화낼 수는 없잖아? 우리 보라고 지금 쇼하는 거야. 너네는 앞으로 절대 늦지 말라고. 안 그럼 애꿎은 애들만 욕먹는다고."

"……아."

"얼른 가자, 춥다."

감독이 지적하고, 조연출이 화내고, FD가 욕먹고 그 화살은 매니저에게 가고 그럼 결국 스텝들 사이에서 뒷말이 나오는 것은 배우들이다. 감독이 직접 배우에게 화를 낼 수도 없으니, 애꿎은 중간 사람들만 치고받는다는 건가.

듣고 보니, 물고 물어뜯는 동물의 왕국을 보는 것 같았다.

그리고 정확히 15분이 지난 9시 25분이 되자 송문교의 차량이 주차장으로 느긋하게 들어섰다.

차량을 확인한 재익이 형이 장난스럽게 투덜거렸다.

"문교 로드가 명길인가? 이 자식이. 형도 일찍 오는데 늦고 난리야?"

"매니저 잘못은 아니겠죠."

"알지, 문교 잘못인 거."

내가 차에서 내리자, 재익이 형이 따라 내리며 담배를 입에 물고 말했다.

"문교도 처음엔 안 그랬는데……. 문교가 좀 약았잖아? 그래서 그런지 몰라도 자기 처신은 빠릿빠릿하게 잘했다고. 근데 주연 되더니……. 선배들한테 잘못 배웠어."

"뭘요?"

"뭐긴, 자기는 '주연'이다 이거지. 어차피 9시까지 와도 촬영은 늦게 들어갈 거 아니까 일부러 늦게 오는 거야. 기다리는 시간 없게 콜 타임 똑바로 달라. 연출부 길들이는 거지."

나는 할 말을 잃어버렸다. 이 많은 사람들이 자기 때문에 밖에서 떨고 있는데, 고작 그런 이유로 일부러 늦게 온다니.

"연출부랑 그렇게 꼭 싸워야 해요? 그냥 친하게 지내면 안 돼요?"

"문교도 신인 때는 그랬어."

"……."

내 표정을 읽었는지, 재익이 형이 한탄하며 말했다.

"어휴, 이 바닥이 원래 그래요. 완전 정치판이야."

그리고 재익이 형은 송문교의 로드매니저인 명길 씨가 차에서 내리자마자, 담배를 비벼 끄고는 냅다 명길 씨에게 달려가 욕지거리를 퍼붓기 시작했다.

"야, 이 새끼야! 첫 촬영부터 늦으면 뭐하자는 거야? 우리 회사 엿 먹일 일 있냐?"

"죄송합니다."

분명 매니저 잘못이 아니라는 것을 알면서 왜 저럴까.

잠시 후 나는 깨달았다.

아, 저것도 보여주기구나.

조연출이 잔뜩 화가 난 표정으로 송문교 차량 쪽으로 다가가다, 대뜸 재익이 형에게 욕먹는 모습을 보고는 입을 다물고 화난 표정을 누그러뜨린다.

조연출한테 욕먹게 하느니, 차라리 이쪽에서 보여주기를 하겠다는 거다. 연출부와 매니저들의 주도권을 잡기 위한 기 싸움이랄까.

"하루 이틀도 아녜요."

뒤에서 카니발 문이 열리더니 영미 씨가 내리며 말했다.

"다들 겉으로만 웃고 있지, 뒤에서는 싸움밖에 안 한다니까요."

나는 고개를 끄덕이며 공감했다.

한심하다. 제작진과 매니저, 감독님과 배우. 서로가 주도권을 잡기 위해 웃는 얼굴로 등 뒤에 칼을 감추고 있다.

하지만 더 한심한 장면은.

드르륵!

카니발 뒷좌석 문이 거칠게 열리며 송문교가 황급히 내리는 모습이었다.

"아, 죄송해요. 매니저가 길을 잘못 드는 바람에……. 감독님은 어디 계세요?"

송문교는 의상을 미처 다 입지도 않은 채 뛰어나와 헐레벌떡 급하게 걸쳐 입으며 허둥지둥 조연출에게 달려간다.

"저건…… 뭐하는 걸까요?"

"저것도 보여주기죠, 뭐."

일부러 늦어놓고, 입구에서는 급하게 온 척을 하는 모습이다.

"저런 게 먹힐 거라고 생각하는 건가?"

내 중얼거림에 영미 씨가 말했다.

"먹히죠. 저렇게 급하게 뛰어들어가는 주연 면전에 대고 누가 뭐라 할 수 있겠어요?"

"……."

아니, 틀렸다. 상대를 잘못 골랐다. 문병철 감독님은 송문교를 직접 뽑은 애정 있는 감독님도 아닐뿐더러, 약아빠진 배우의 하찮은 변명이 통하는 물렁한 감독도 아니다.

'매번 주연 배우랑 트러블을 만들어 낸 트러블 메이커야.'

트러블 메이커, 박찬익 팀장은 문병철 감독을 한 단어로 말해 '꼰대' 감독이라 표현했다.

감독의 권위를 높이 세워서, 그 권력을 예술이라는 이름으로 포장해 마음껏 칼을 휘두르는 감독. 그 과정에서 주연 배우와의 사이가 틀어지고 드라마 시청률에도 타격을 입지만, 자신을 굽히지 않는 '자존심' 강한 감독이다.

"안 먹힐 거 같은데……."

그런 내 예상은 맞았다.

아니나 다를까, 현장으로 다가가니 문병철 감독님은 연출부를 대신해 직접 스텝들을 향해 소리치고 있었다.

"자! '송배우' 왔으니까, 이제 슬슬 시작합시다. 날 새겠네!"

내가 잘못 들었나?

'날 새겠네.'

송문교를 면박 주려는 의도적인 단어 선택이다. 대놓고 뭐라고 하는 것도 아닌지라, 송문교는 반박도 제대로 하지 못하고 눈가가 일그러진다.

"……네?"

"응, 못 들었어요? 촬영 준비하자니까? 늦었어요."

"아, 네. 늦어서 죄송합니다. 매니저가 길을 잘못 드는 바람에……."

"그럼 네비게이션을 바꿔야겠네요. 그렇죠?"

송문교가 너절하게 변명을 늘어놓으려 했지만 문병철 감독님은 제대로 듣지도 않으신다.

그야말로 완벽한 철벽.

"……."

송문교는 '뭐 이런 또라이가 다 있어'라는 눈빛으로 문병철 감독님을 쏘아보았지만, 문 감독님은 상대도 하지 않았다.

"푸하…… 대에박!"

영미 씨는 속 시원하다는 듯, 옆에서 웃음을 터뜨렸다.

"완전 팝콘 각. 감독님 성격 엄청 화끈하시네요?"

"그, 그러게요."

"으흥, 여기 현장 재밌겠다. 대박 마음에 들어요."

재미는 모르겠지만, 조만간 일 한번 크게 터질 것 같다는 생각이 든다. 그런데 영미 씨가 이렇게 환하게 웃는 모습은 처음 본다.

이런 내 시선을 의식했는지 영미 씨가 어깨를 으쓱거렸다.

"싸움 구경, 재밌잖아요."

아, 그러세요.

티저 영상은 코스 요리에서 메인 요리가 나오기 전에, 시청자들의 군침을 돌게 만드는 일종의 '에피타이저' 역할을 한다.

예고편과는 개념이 조금 다르다. 줄거리를 전달하는 예고편과는 다르게, 내용과 무관한 짧은 영상 하나로 시청자들의 호기심을 자극하는 데 목적이 있다.

〈청춘 열차〉에서는 시청자들의 호기심을 폐철로와 열차라는 매개체를 이용해 '미스터리' 느낌으로 표현해냈다.

뿌연 안개를 청춘에 빗대고, 지나가는 기차를 우리들에 비유해 현실적인 풍경에 환상적인 느낌을 가미하는 것이다.

동화 같은 멜로디와 함께 안개 속을 거니는 주연배우들.

고즈넉한 간이역이 배경으로 등장할 때, 도저히 기차가 다닐 것 같지 않은 녹슨 철길이 횡하니 드러난다. 하지만 의외로 뒤에서 기차 경적이 들려오고, 고개를 돌리면 기차가 철길을 빠르게 지나간다.

너도, 나도 우리 모두. 〈청춘 열차〉

소윤의 나레이션과 함께 등장하는 짧은 문구로 마무리되는 이 티저 영상은 잭팟까지는 아니었지만, 실시간 검색어에 이름을 올리며 작품의 흥행을 어느 정도 예감하게 했다.

L&K사무실 매니지먼트 1팀은 제법 완성도 있는 티저 영상에 한참 동안 들끓고 있었다.

"현재 '청춘 열차' 실검 2위, 반응 좋고요!"

"와, 대박! 영상 퀄리티 좋은데?"

"색감이 대박이지 않아요? 배경에 비해 우중충한 느낌이 전혀 안 들어요."

"기차가 CG 느낌도 전혀 안 들죠? 확실히 돈 좀 들이니까 드라마도 퀄리티 나온다. CG팀이 영화팀이라더라니."

"재희 좀 봐. 몰입감이 상당한데? 완전 신 스틸러!"

한참을 왁자하게 떠들던 재익이 형이 기분 좋다는 듯 웃으며 내 어깨에 손을 얹었다.

"어때, 포털사이트에 이름 올라간 소감이?"

그래.

티저 영상이 공개된 오늘, 포털 사이트 실시간 검색어 순위 끝자락에 내 이름이 올랐다.

18위 도재희

물론, 유동 인원이 빠르게 몰려왔다 사라지는 점심시간이라는 점을 고려해 볼 때. 거품이 빠지듯 금방 내려갈 것이다. 그리고 검색어 순위 최상단을 차지한 송문교나 소윤, 김균오에 비하면 나에 대한 관심은 없는 것이나 다름없었다.

하지만 처음으로 받아보는 대중의 관심에 그 경중은 중요하지 않았다.

"신기하네요. 제 얼굴이 인터넷에 나오니까."

L&K 홍보팀에서는 내 프로필 정보에 대해 포털사이트 측에 수정 요구를 했고, 〈청춘 열차〉 티저 영상 공개와 시기가 맞물려, 내 새로운 프로필 사진이 포털 사이트에 공개되었다.

이제, 인터넷에 내 이름을 치면 제대로 된 프로필 사진이 나오고 SNS에 내 이름이 오르내린다.

-도재희? 이분 비주얼 좋은데요?

-청춘 열차 남자 배우들 전부 비주얼이 훈훈 ㅋㅋ!

-본방 사수 각 ㅋㅋ 기대됩니다!

-도재희라는 분…… 처음 보는데 연기력 좋네요.

댓글, 관심, 인지도…… 내가 그렇게나 기다려 왔던 모든 것들, 이건 마치 헤어 나올 수 없는 악마의 유혹과도 같았다.

"지금 반응 딱 좋다! 이번 방송 3사 경쟁작들이 비교적 약해서 기대해 봐도 좋겠어."

"이야, 이 정도면 시청률 10% 가볍게 찍겠다!"

모든 사람이 축제 분위기였지만, 사무실 한가운데서 유독 얼굴 표정이 안 좋은 사람이 한 명 있었다.

문교다.

연신 얼굴을 구기고 휴대폰만 들여다보고 있는 송문교에게 매니저 한 명이 다가가 말했다.

"문교야. 티저 올라온 거 봤어? 너 잘 나왔던데?"

"……."

"문교야?"

송문교가 자리에서 벌떡 일어나며 바락 소리 질렀다.

"아, 안 본다고! 그딴 거."

"어…… 어?"

"티저는 지랄. B급 감성만 쳐들어가지고."

송문교는 있는 성질 없는 성질을 다 부리더니 문을 소리 나게 쾅! 닫으며 사무실을 뛰쳐나가 버렸다.

그 모습에 얼빠진 매니저가 중얼거렸다.

"쟤…… 왜 저래?"

그러자 재익이 형이 인상 찌푸리며 말했다.

"아이, 그냥 모르는 척해."

"뭔데, 촬영 때 무슨 일 있었어?"

"아 별일은 아니고, 어쨌든 지금 문교한테 '청춘 열차' 얘기 안 꺼내는 게 좋아."

"말해 봐. 무슨 일인데?"

재익이 형이 난감하다는 얼굴로 마지못해 입을 열었다.

"아, 그게……."

간단한 일이다.

티저 촬영 당일, 감독님의 도발에 아침부터 분개한 송문교는 눈에 쌍심지를 켰고, 티저 촬영을 진행하는 내내 표정이 좋지 않았다.

문병철 감독님도 첫날부터 싸우기는 싫었는지, 거기에 대해 트집을 잡지는 않았지만.

"컷, 다시 갈게요!"

그건 어디까지나, '겉'으로 말을 하지 않은 것뿐이다. 그 내부를 자세히 들여다보면, 확실히 속으로는 화가 풀리지 않았다는 것을 알 수 있다. 유독 송문교의 촬영 분량에서만 똑같은 신을 반복해서 찍고 있으니까.

송문교가 특별히 못 한 것도 아니었다. 마치 일부러 엿 먹이고 있는 것처럼 보였다.

불편한 공기가 촬영장을 지배했고, 자연스럽게 분위기는 흐려졌다. 불만 섞인 얼굴의 송문교는 연기가 제대로 나오질 않았고, 반복되는 NG에 촬영은 길어질 수밖에 없었다.

"아, 이거 분위기 왜 이래. 점심 전에 다 찍고 오후부터는 포스터 해야 하지 않아?"

"아 그게……."

"빨리 찍어야지. 여기 관광지라는 거 잊었어? 좀 있으면 레일바이크 타는 꼬맹이들 잔뜩 몰려올 텐데."

좋은 배경도 있겠다, 인물들이 걸어가는 몇 컷만 찍으면 되는 간단한 촬영이다.

그런데 왜 자꾸만 딜레이가 되는 걸까.

"지금 나쁘지 않잖아? 근데 감독님 왜 저러시냐?"

촬영 감독님이 연거푸 NG가 나오자 짜증 섞인 목소리로 불만을 토로했다. 하지만 조연출이 귀에 대고 몇 마디를 건네더니, 이내 고개를 절레절레 저으며 중얼거리셨다.

"어휴, 연출이랑 배우가 틀어지면 중간에 있는 우리만 피 본다니까. 일단 알았어."

티저 촬영은 점심을 먹고도 한 시간 넘게 진행하여 오후 두 시가 넘어서야 끝이 났고.

"컷! 다시."

"컷! 아니 표정 좀 진득하게."

"컷!"

"컷, 컷, 컷! 에라이, 다시!"

송문교가 낸 NG는 셀 수 없이 많았다.

그것은 감독님이 배우들에게 보내는 일종의 경고였다. 고작 1분짜리 티저 영상도 이 정도니, 내 앞에서 괜히 '배우부심' 부리지 말라는 경고.

하지만 송문교는 이것을 단순한 '경고'가 아닌, '도발'로 받아들렸고 표정을 딱딱하게 굳혀버렸다.

"X발, 개 같네. 진짜."

포스터 촬영까지 모두 마치고 차에 오르는 송문교는 입에 육두문자를 달고 있었다. 이는 회사에 도착해서도 마찬가지였다.

"시청률도 거지 같은 듣보잡 감독 새끼가 지금 나를 의도적으로 엿 먹이잖아, 스텝들 배우들 다 보는 앞에서!"

로드매니저인 명길 씨는 하루 종일 들들 볶였다.

"아 X발! 그러니까 내가 하기 싫다고 했잖아. 형은 왜 억지로 시켜서 사람 이 꼴로 만들어?"

현장에 나오지도 않은 박찬익 팀장은 촬영 종료 후 송문교의 꼬장을 죄다 받아줘야 했다.

송문교도 송문교지만, 확실히 감독님도 보통 성질이 아니었다. '꼰대', '독종', '트러블메이커', '컴플레인'……. 모든 단어들이 문병철 감독을 의미하는 것 같았다.

그 모든 내막을 들은 매니지먼트 1팀 사람들이 동시에 고개를 끄덕였다.

"문 감독님 성질머리 보통이 아니시지."

"아니지, 이번 건 문교 잘못이지. 늦는 것도 타이밍 봐서 해야지, 첫 촬영부터 늦으면 감독님 체면은 뭐가 되나?"

"맞아. 이번 건 문교가 잘못했어. 원래 그놈아가 싸움닭 기질이 있잖아."

"아, 현장 피곤하겠는데. 앞으로 찬익이 형 어쩌냐? 문교 꼬장 엄청 부릴 텐데. 나는 아무리 사람 부족해도 '청춘 열차'는 못 나간다. 알아서들 해."

너도나도 의견을 내는 가운데, 다른 의견을 내는 이도 있었다.

"잠깐만, 그래도 문교가 사리분별을 아주 못하는 친구는 아닌데? 고작 그런 이유야, 감독한테 쿠사리 좀 먹었다고?"

송문교가 자존심이 강하지만, 자신의 커리어를 망치면서까지 자존심 부릴 '급'은 아니지 않은가? 확실히 그것만으론 이유가 빈약하긴 하다.

이런 매니저들의 의문에, 재익이 형이 조그만 목소리로 말했다.

"실은, 문제가 하나 더 있어."

"……뭔데?"

재익이 형이 고갯짓으로 내 쪽을 가리킨다.

휘휘.

나 몰래 하는 듯 보였지만, 곁눈질로 다 보인다.

"재희 때문이지."

형, 다 들려요.

속삭이듯 말하는 소리도 다 들린다. 하지만 나는 모르는 척

잠자코 가만히 있었다.

"재희, 재희가 왜?"

"컷, 오케이!"

"오케이입니다!"

이래도 되는 걸까? 찍는 족족 원 롤에, 원 오케이다.

"이야 재희 씨! 방금 표정 좋았어. 지나간 과거를 아련하게 바라보는 듯한 그런 느낌이었는데, 맞죠?"

감독님은 내 촬영이 끝날 때면, 연신 싱글벙글하셨다.

조금 전까지, 송문교에게 짜증이 잔뜩 섞인 목소리로 '컷! 다시!'를 외치던 모습과는 180도 다른 모습에, 내가 얼떨떨하게 고개를 끄덕였다.

"네에."

"대본에서 재희 씨 역할이, 남주랑 여주 사이를 이어주는 핵심 역할이라고. 방금 그 눈빛에서 지나간 찬란했던 과거와 틀어져 버린 현재의 우정. 그 사이의 괴리감을 아주 제대로 보여 줬어요."

그야말로 극찬의 연속이다.

사실, 감독님의 눈에 내 연기가 만족스러운 것은 어찌 보면 당연한 결과다. 지금의 '김도훈' 캐릭터는 작가님이 아니라, 감독님이 내 오디션을 보시고 직접 디자인하신 캐릭터라고 말해도 무방하니까.

"재희 씨가 우리 드라마 살린다, 살려!"

내게 시선이 계속해서 집중되는 이런 상황들이 송문교를 견딜 수 없게 만들었고, 현장에서 '주연배우'로서 갖춰야 할 그의 위치를 작아지게 만들었다.

심기가 잔뜩 뒤틀린 송문교는 내게 이빨을 드러냈다.

"×발. 같은 B급들끼리 쿵짝 잘 맞아서 좋겠다?"

지나가는 말로 나를 도발했지만, 나는 최대한 감정을 드러내지 않고 숨겼다.

오히려 무덤덤하게.

"그러는 넌 B급도 만족 못 시키잖아."

"……."

"유치하게 투정부리지 말고 네 거 준비나 잘해."

뭐, 군이 맞장구를 쳐서 송문교의 비틀어지는 얼굴을 보는 게 즐거운 나도 유치하긴 마찬가지지만, 나는 마지막으로 아주 유치한 도발 하나를 더 준비했다.

"또 NG 내서 남들 피해 주지 말고. 스텝들은 무슨 죄냐?"

송문교가 뚜껑이 완전히 열린 듯, 바락 소리를 질렀다.

"야! 이 ×발 새끼야!"

물론, 그 욕설을 감독님과 스텝들도 모두 다 들었다.

"……욕을 했다고? 아! 이제 현장 분위기 어쩌냐?"

"문교야……. 아, 문교! 개 왜 그러냐? 정말."

"이미지에 꽤 타격 있을 텐데……. 카메라는 없었지?"

"대표님은 아시고?"

분위기가 갑자기 꽤 진지해졌다.

뭐, 이번 일은 박찬익 팀장 선에서 잘 해결될 것 같은 분위기긴 했지만, 길게 봤을 때 그날 일은 송문교 커리어에 있어서 마이너스다.

나는 아무것도 하지 않았다. 수를 쓰지도 않았고, 먼저 도발하지도 않았다. 내가 원하는 그림은 철저하게 연기만으로 주연의 품격을 갉아먹는 것이었을 뿐이었고, 그것만으로 송문교의 화를 돋울 자신이 있었다.

하지만 의도하지 않았든, 어쨌든 지금 송문교라는 돛단배는 난파되기 직전으로 보인다. 항해사도 갑판장도 죄다 등을 돌렸고, 선장만 외로이 이 싸움을 진행해야 하는 상황이었다.

나는 씁쓸하게 미소 지었다.

이 정도면 거의 자멸 수준인데.

송문교는 큰 딜레마에 빠졌다.

이제라도 감독님의 성향을 파악했으니 자신이 조금 굽힐 것인가, 아니면 계속해서 컨셉을 유지할 것인가.

"성질 조금만 죽이자. 응?"

회사에서는 무조건 전자를 외치고 있지만, 송문교는 전자를 택하기 힘들었다.

그 이유는 물론 '나' 때문이다.

자신에게 배역을 구걸하던 '내' 앞에서, 문병철 감독에게 머리를 숙이는 모습을 보여주고 싶지는 않을 테니까. 쪽팔리고 싶지는 않으니까, 고개를 뻣뻣이 들고 저렇게 배짱을 부리는 거다. 그게 내리막길인 줄도 모르고.

"감독님…… . 하, 저 진짜 모르겠어요."

"제 말이 이해하기 힘든가요?"

"여기 대본 지문이 이렇게 말하잖아요. 참을 수 없는 분노를 느낀다. 도대체 뭘 더하라는 말씀이죠?"

본격적인 1회 촬영에 들어갔다.

장소는 수원시 팔달구의 어느 한적한 주택가.

사전 섭외가 따로 없는 골목길 촬영의 경우, 차량도 통제해야 하고 지나가는 시민들에게도 주의를 시켜야 한다.

괜히 현장을 '펼친다', '접는다'라고 표현하는 것이 아니다. 빠르게 '펼쳐서' 민원이 들어오기 전에 빠르게 찍고 '접어야'하는 것이다.

하지만 송문교와 문병철 감독의 트러블 때문에 도통 진도를
나갈 수가 없다.

"앞 상황이 이해가 안 가시는 모양이죠?"

"……."

문병철 감독의 표정이 묘해졌다.

"바로 전 신이 뭔지 잊으셨어요? '김도훈'이랑 좋았던 일을 회
상하는 장면이에요. 그런데 바로 다음 신에서 그렇게 미친 듯
이 날뛰어 버리면 어떻게 합니까? 무슨 분노조절장애예요?"

"감독님, 말씀이 좀 심하시네요."

"누누이 말씀드렸죠. 문교 씨, '우진' 캐릭터는 이 드라마의
중심이에요. 지문이 이렇게 적혀 있어도, 앞뒤 생각 없이 날뛰
는 게 아니라! 참을 수 없는 분노를 숨기는 그런, 어떤…… 눈
빛, 액션, 호흡, 알맹이 같은 단단함! 그런 걸 원하는 거라고요.
이해가 안 됩니까?"

"그럼 그렇게 지문을 적으셨어야죠."

"뭐…… 요?"

문병철 감독님은 마치 이런 것도 배우라고 데려다 놓은 머
저리 새끼가 누군지 찾는 듯한 원망스러운 눈으로, 제작 PD를
노려보았다. 그리고 쓰고 있던 모자를 벗으며 말했다.

"하…… 환장하겠네."

"예?"

"문교 씨. 캐릭터 분석은 안 합니까? 일일이 다 적어줘야 해요? 그거 배우 못이잖아요."

송문교의 매니저인 명길 씨는 안절부절못하는 얼굴로 제자리에서 발을 동동 굴렀다. 명길 씨 대신 재익이 형이 박찬익 팀장과 통화를 했고, 곧 전화를 끊으며 말했다.

"찬익이 형 곧 올 거야."

"휴."

명길 씨의 얼굴이 그제야 조금 편해졌다.

그때 영미 씨는 어디서 구했는지, 정말로 한 손에 팝콘을 들고 싱글벙글 웃으며 말했다.

"대에박! 완전 썰전 보는 느낌."

이 여자 뭐야……. 팝콘을 미리 준비한 거야?

나는 얌전히 서서 잠자코 이 싸움을 끝까지 지켜보았다. 그리 오래 걸리지는 않았다. 문병철 감독님이 결국, 폭발해 버렸으니까.

"로맨스라고 연기가 우습게 보입니까? 최소한 촬영에 대한 예의는 갖춰야지!"

그러고는.

"야, 조연출! 문교 씨 대본 더 보고 오시라 하고, 이 신 넘기고 다음 신 먼저 찍어!"

촬영 순서를 그 자리에서 바꿔 버렸다.

송문교는 그 얘기를 듣자마자 덩달아 폭발하듯, 그 자리를 빠져나가 버렸고.

"형!"

명길 씨는 그런 송문교를 따라 쫓아갔다.

마치 폭풍이라도 한바탕 휘몰아친 것 같다.

"분위기 오졌다."

영미 씨의 한 줄 평에 이어, 조연출이 내게 다가왔다.

"아아. 죄송합니다. 재희 씨 신 먼저 찍어야 할 것 같은데, 준비는 끝나셨죠?"

"아, 네."

진즉 준비 끝내고 구경 중이었으니까.

"그럼 대기해 주시고, 저는 청아 씨 얼른 모시고 올게요."

다음 촬영 신은 나와 박청아 배우가 나오는 장면이다.

내가 감독님들에게 인사를 하고 카메라 앞으로 걸어가니, 멀찍이서 박청아 배우가 매니저와 함께 걸어왔다.

박청아.

나보다 나이는 세 살 어리지만, 방송 데뷔는 더 빠르다. 드라마에서는 여자배우 중에서 두 번째에 해당한다. 하지만 소윤이 압도적이라서 비중은 그리 크지 않다.

하지만 나와 고등학교 때부터 사귀기 시작한 오래된 연인이라는 컨셉이기 때문에, 내가 촬영이 있다면 매일같이 부딪혀야 하는 사람이기도 하다.

"오셨어요?"

내가 인사하자 청아 씨가 깍듯하게 인사했다.

"안녕하세요. 선배님."

"아이, 그렇게 부르지 마세요. 불편해요."

뜨지는 않았지만 이미 드라마만 세 작품째인데, 오히려 내가 선배라고 불러야 할 판이다.

"그럼, 오빠라고 부를까요?"

"네. 좋죠."

"그럼 오빠도 말씀 편하게 해주세요."

확실한 것은 앞으로 자주 마주칠 테니 친하게 지내야 할 사람이라는 것인데, 이 부분은 그다지 걱정하지는 않는다.

"아. 에. 이. 오. 우우우우!"

어색한 듯 턱을 바짝 당기고 입을 푸는 모습이 너무 웃겨 그만 웃어버리고 말았다.

"푸흡. 아, 죄송해요."

"에에, 이상했어요?"

"아뇨, 아니에요."

아니라는 말에 또 입을 양쪽 끝으로 쭉 당기며 풀기 시작한다.

"으……!"

"풉."

확실히, 여러 가지 의미로 인상이 나쁘지 않다. 아마 금방 친해질 수 있을 것 같은데.

"아이고, 갑자기 신 순서가 바뀌어서 죄송합니다."

그때, 감독님이 많이 피곤해 보이는 얼굴로 우리에게 다가오셨다.

"괜찮습니다."

"그럼, 리허설 해볼까요? 어디 보자…… 몇 페이지……?"

"32페이지요. 1회 12신."

감독님은 이 정도는 이제 놀랍지도 않다는 얼굴이셨다.

"허허, 고마워요."

찍을 내용은 간단하다. 고등학교 때 회상 장면이기 때문에, 미리 준비해 둔 교복을 입고 분장도 최대한 어려 보이게 해 둔 상태다.

손을 잡고 걸으며, 몇 년 후에 우리는 어떤 삶을 살게 될지에 대한 가벼운 이야기를 주고받으며 달리(dolly; 이동카메라)를 이용해 촬영하는 신.

"손, 잡아도 괜찮아요?"

내 질문에 박청아가 고개를 끄덕였다.

"물론이죠."

손을 잡고 걸으며 대사를 주고받았다.

박청아는 내가 생각한 이미지대로 연기를 곧잘 했다. 뒷 말 끝을 가볍게 흐리면, 정확한 타이밍에 치고 들어오는 센스도 있고, 준비를 많이 했는지 대사가 물 흐르듯 자연스럽다.

느낌, 나쁘지 않다.

촬영 감독님도 그림이 마음에 드셨는지 엄지를 치켜세웠고, 촬영이 재개된 지 10분 만에 곧바로 슛 사인이 떨어졌다.

"좋아요, 그렇게만 하면 됩니다!"

"자, 갈게요!"

메인 FD의 외침에, 곧바로 FD들이 골목을 막아서기 시작했고, 보조출연자들은 반장들의 신호에 맞춰 움직일 준비를 마쳤다.

나와 박청아만 잘하면, 이 많은 스텝들이 여러 번 고생하지 않고 한 번에 끝난다.

"슛!"

말해 뭐할까.

"오케이, 바스트 땁시다!"

한 번에 오케이가 떨어졌다.

"컷! 다시 한번 갈게요!"

촬영장에서는 또 다른 신의 촬영이 이어졌지만, 그 뒤편에서는 제법 심각한 이야기가 오갔다.

재익이 형의 전화를 받고 도착한 박찬익 팀장은 곧바로 송문교를 찾아갔고, 졸지에 송문교의 카니발 뒤편에서 L&K의 작은 회의가 열리게 된 것이다.

"그래서, 지금 못하겠다는 말이 하고 싶은 거야?"

박찬익 팀장은 송문교를 비롯해 임주원 그리고 나까지 수많은 신인들을 발굴해 데뷔시킨 능력자이며, L&K 배우팀에서 막강한 영향력을 가졌다.

"아 몇 번을 말하게 해. 하기 싫다고."

하지만 그동안은 송문교의 말 한마디에 쩔쩔매는 모습을 보였는데.

"그러니까 하기 싫다는 거지?"

오늘만큼은 조금 달랐다. 마치 칼을 갈고 온 것 같았다.

"……."

"확실히 말해. 엎을 거면 빠르면 빠를수록 좋으니까."

제법 강수를 둔다.

박찬익 팀장의 입에서 이런 말이 나올 줄은 몰랐다는 듯, 송문교가 조금 어물거렸다.

"진심이야?"

송문교의 질문에 박찬익 팀장이 버럭 소리를 질렀다.

"진심 아니지! 당연히."

그러고는 이마를 짚으며 한숨을 크게 내뱉더니, 화를 가라앉히려는 듯 애쓰며 말했다.

"후, 문교야. 내가 작품 들어가기 전에 감독님 성격 보통 아니니까 성질 조금만 죽이자고 분명 이야기했지?"

"했지. 그리고 내가 로맨스 하기 싫다고도 말했고."

"야 송문교! 네가 지금 작품 가릴 때야? 툭 까놓고 솔직히 말해 줘?"

"……."

"하, 됐다……. 문교야. 촬영장 10, 20분씩 늦는 건 그렇다고 쳐. 그런데, 감독님 앞에 계시는데 성질 못 죽이고 욕한 것도 그렇고, 재희한테 이상한 자존심 부리는 것도 그렇고!"

"아 그런 거 아니라고!"

송문교가 자리에서 벌떡 일어났다.

"자존심을 부려? 내가, 왜? 저 새끼가 뭔데, 대체 뭐가 잘났는데?"

그리고 나를 노려보며 말했다.

"×발, 아무리 꿈틀거려봤자, 어차피 주연은 나야."

마치 다짐하듯 읊조리고는 도망치듯 사라져 버렸다.

"아이고, 머리야."

박찬익 팀장이 사라지는 송문교의 뒤를 바라보며 뒷목을 부여잡았고, 재익이 형이 옆으로 다가가 말했다.

"하겠다는 의미겠지?"

박찬익 팀장이 말했다.

"해야지. 엎을 수도 없어. 알잖아, 이거 쟤 전작에서 손해 본 거 메꾸려고 집어넣은 캐스팅이라고."

"그래도 형이 쎄게 나가니까, 경고는 좀 된 것 같은데?"

그 말은 사실이었다. 나를 노려보는 눈빛에서, 약간의 '욕심'이 느껴지긴 했다.

'이게 나를 열 받게 해? 나도 진짜로 해 봐? 어디 두고 봐!'

이런 오기.

하지만 박찬익 팀장은 여전히 화가 풀리지 않았는지 씩씩거렸다.

"아, 근데 생각할수록 열 받네. 뜬지 얼마나 됐다고 작품을 가려 가리긴! 지가 송범호야, 최태식이야? 이 자리 탐내는 사람이 얼마나 많은데."

할 수 있는 연기와 하고 싶은 연기.

중견배우나 작품을 마음껏 골라 먹을 수 있는 톱스타가 아닌 이상, 이 둘 사이의 간극은 언제나 존재하게 마련이다.

하지만 이 둘 사이를 좁히는 것은 온전히 배우의 몫이다. 실력으로 이런 장르도 잘할 수 있다는 것을 보여줘야지만, 기회가 온다.

그 기회를 잡기 위해서는 한 작품 한 작품에 착실히 임해야 한다. 문병철 감독이 〈청춘 열차〉로 대박을 터뜨리고, 다음 작품으로 100억짜리 대작 스릴러에 들어갈지도 모르지 않는가.

"문교가 배가 불렀다."

"그건 그렇지."

이 바닥은 좁다. 그렇기에 이미지가 중요하다.

박찬익 팀장이 나를 바라보더니, 내 어깨를 두드렸다.

"재희는 요즘 칭찬밖에 없더라. 오미란 선배님도 너랑 붙는 신 없다고 투덜거리시고. 아주 인기가 좋아."

"아, 하하. 그래요?"

"그래. 재희 넌, 문교 신경 쓰지 말고 지금처럼만 해. 알았지?"

그럴 생각이다. 나는 고개를 끄덕였다.

"어쨌든, 나는 감독님한테 가봐야겠다. 어휴, 우리 아들 아직 네 살밖에 안 됐는데, 애 학교에서 사고치고 교무실에 끌려가는 부모 마음을 알겠다니까?"

박찬익 팀장은 장난스럽게 말을 던지고는 촬영장 쪽으로 걸어갔다.

재익이 형이 늘어지게 기지개를 켜며 말했다.

"으아아! 우리 재희는 알아서 잘해 줘서 다행이다. 덕분에 이 형이 현장에서 할 게 없어."

나야, 항상 신인의 마음으로 임하니까.

하지만 욕심이 없는 것은 아니다.

예의 바른 신인의 얼굴 뒤에 감춰 둔 욕심 하나, '하고 싶은 작품을 마음대로 골라내는 배우'가 되는 것.

내가 가면을 고쳐 쓰며 웃어 보였다.

"저야 뭐…… 그럴 급이 되나요. 아직 멀었죠."

자꾸만 조급함이 고개를 쳐들지만, 나는 목표 정도는 정하기로 했다.

앞으로 1년.

그 안에, 무조건 뜬다.

··· 5장 ···

첫 방송, 그리고

    송문교와 감독님이 한바탕한 그 이후, 마치 폭풍이 지나간 뒤에 찾아오는 고요함처럼, 촬영장은 조용해졌다.

    "고사 지낸 덕분 아니에요? 너무 조용한데."

    촬영 기간 내내 사고 없이 무탈하길 바라는 '고사'를 지내는데, 요즘 조용한 것이 모두 고사 덕분이 아니냐는 스텝들의 장난스러운 농담이 흘러나왔다.

    하지만 진짜 이유는, 고사가 아니라 '압박' 때문이다. 제작사에서인지, 대표님인지 아니면 둘 다인지 모르지만 확실한 것은.

    '너 똑바로 해.'

    송문교에게 모종의 '압박'이 가해졌다는 것이다.

    "베, 재미없어."

영미 씨가 손에 들고 다니던 팝콘을 내려놓을 정도로, 요즘 송문교는 바짝 엎드려 지내고 있다. 그리고 정말로 나와 박찬익 팀장의 말에 자극이 된 것인지 촬영장에서 대본을 놓지 않는다.

"문교 요즘 열심히 하네. 제발! 이대로만 끝났으면 좋겠다."

재익이 형이 조용한 촬영장을 사수하고 싶다는 굳은 의지를 드러내며 주먹을 불끈 쥐었다.

미니시리즈 3개월의 레이스는 길지만, 아직은 평화롭다.

오늘은, 상암동 NK스퀘어에서 〈청춘 열차〉 제작 발표회가 열렸다.

감독님을 포함하여, 송문교, 소윤, 김균오, 나, 박청아. 주조연급 5인방이 모두 참석한 이번 제작 발표회는 간단한 기자회견 정도만 있을 것이라는 재익이 형의 말과는 달리 생각보다 일이 많다.

"선배님들! 여기 포스터에 사인 좀 부탁드릴게요."

"엑, 이거 전부요?"

"네. 시청자 50명을 뽑아서, 배우들 사인 포스터 보내줄 거거든요. 여기 팸플릿도 같이."

메이크업이 끝나고 상암동에 들어서자마자 포스터 50장, 팸플릿 50장에 사인을 시작했다.

"으으, 너무 많은데."

"손목 아퍼. 힝……."

투정을 부리는 김균오와 소윤에 비해, 나는 전혀 힘들지 않았다.

내 포스터, 내 사인.

처음 해보는 이 모든 일들이 그저 즐거울 뿐이다. 사인 작업이 끝나자마자, 커피 한 잔을 마실 시간도 없이 SBC의 연예 정보 프로그램인 〈스타 인사이드〉의 인터뷰가 진행되었다.

"안녕하세요! '스타 인사이드' 리포터! 박솔입니다! 오늘은 SBC 월화드라마 '톨게이트'의 후속작이죠? 뜨거운 청춘들의 이야기를 담은 '청춘 열차'의 배우 5인방을 모시고 이야기 나눠 보겠습니다. 안녕하세요!"

물 흐르듯 자연스러운 연예인 리포터의 진행에 〈청춘 열차〉 배우들의 자기소개가 이어지고, 캐릭터 소개와 함께 드라마 소개도 마쳤다.

"원래 이렇게 정신없어요?"

"흐흐, 처음이라 그래. 하다 보면 금방 적응해. 근데 처음 하는 것치고는 인터뷰 잘하던데?"

"그냥 캐릭터 소개하는 건데요 뭘."

"조리 있게 말하는 것도 능력이야. 예능도 잘하려나?"

뭐, 대본이 통째로 내게 있으니 그쯤이야.

어쨌든, 첫 방송보다 먼저 〈스타 인사이드〉를 통해 지상파 방송에 데뷔하게 되었다.

"제작 발표회 시작하겠습니다!"

제작 발표회는 넓은 프레스 홀에서 CP님과 제작사 파랑새 미디어의 대표님, 그리고 감독님의 인사로 시작되었다.

수많은 기자들의 자판 두드리는 소리만이 고요하게 흐를 때는 그다지 긴장되지 않았는데, 배우들의 입장 순서가 되었을 때는 연신 터져 나오는 플래시 세례에 눈을 잠시 찌푸릴 정도로 놀랐다.

와……

마치 다른 세계에 있는 듯한 느낌이었다. 잘 빠진 옷을 입고, 미소를 지은 채 가만히 서서 손을 흔들고 있는 마네킹 같은 모습이지만 이런 내 모습을 모두가 카메라에 담으려고 아우성이다.

내 말을 한마디라도 듣기 위해 손을 드는, 이제껏 내가 살아오던 삶과는 너무나 다른 세계.

그리고 준비된 티저 영상과 메인 예고편 영상이 기자들에게 처음 공개가 되었을 때는 이 세계의 중심에 나 혼자 있는 것만 같은 착각에 빠졌다.

"어?"

아니, 이런 착각을 하는 것이 이상한 일은 아니다.

오늘 기자들에게 처음 공개된 '메인 예고편'에서 내 얼굴이 유독 많이 보이는 것은, 나 혼자만의 착각이 아닐 테니까.

"도재희라고 했나? 저 친구 연기 괜찮은데? 비중도 커 보이고."

분위기가 좋다.

"색감 괜찮은데. 약간 만화 톤처럼 청춘 만화 느낌이 나지 않아?"

"충분히 흥미로운데요? 재밌어 보여요. 문병철 감독, 이번 시청률 기대해볼 만하지 않아요?"

"올 하반기 마지막 미니가 방송 삼사 모두 로맨스야. 제대로 정면 승부 하겠는데."

기자들의 표정도 좋았고, 질문의 질도 나쁘지 않았다.

특히 재밌는 점은 바로 질문인데, L&K 측 기자들이 다수가 포진되어 있어 그런지, 흘러나오는 질문 자체가 송문교 혹은 내 위주였다.

"질문 있습니다! 도재희 배우의 오디션 하나로 대본이 크게 수정되었다는 소문이 있던데, 오디션 현장이 어땠나요?"

"도재희 배우님! 이번 작품이 미니시리즈 데뷔작이신데, 임하는 각오 한번 듣고 싶은데요!"

"현장에서 재미난 에피소드는 없었습니까?"

언론을 조종하는 것이 아니라, 배치된 기자들을 이용해 '스토리'의 방향만 슬쩍 바꾼다.

인터넷에는 실시간으로 〈청춘 열차〉 제작 발표회 관련 기사가 퍼지기 시작했다.

[월화 〈청춘 열차〉 첫 방송 날짜 확정! 12월 18일 밤 10시]
[〈청춘 열차〉 티저에 이어 메인 예고편 공개!]
[청춘들의 아픔을 아련하게 어루만질 〈청춘 열차〉 시청자 반응은?]
[무서운 신인! 대본 메이커 〈청춘 열차〉 '도재희'는 누구?]

'내' 기사다.

꿀 같은 휴식이 주어졌다. 오늘 그리고 내일, 이틀간 휴식이다.

이불만 있다면 그대로 드러눕고 싶은 심정이지만.

"재희 오빠, 배우들끼리 한번 뭉치고 싶은데 어때요?"

제작 발표회가 끝나자 소윤이 내게 술자리를 제안했다.

"저희끼리요? 감독님은요?"

"감독님은 작가님 만나서 대본 쓰셔야 한다고 못 가신다는

데요?"

내가 재익이 형을 바라보자, 재익이 형이 별수 없다는 듯 고개를 끄덕였다.

"내일은 촬영 없으니까 상관없지. 대신 적당히, 알지?"

"들으셨죠?"

내가 소윤에게 고갯짓하자 소윤이 두 손을 번쩍 들어 올리며 소리쳤다.

"으쌰, 술이다!"

피곤한 밤샘 촬영이 요 며칠 사이 강행군처럼 이어졌다. 나보다 신도 많고 촬영 일수도 많았던 소윤은 피곤할 법도 하지만, 전혀 피곤한 기색이 아니었다.

"으흥흥. 소주가 좋아요, 맥주가 좋아요? 아니면 둘 다?"

아이돌이라 그런지, 고된 스케줄에 익숙한 모양이다.

그나저나, 아이돌인데 괜찮은가?

"소윤 씨는 괜찮아요?"

"응? 뭐가요."

"아이돌이잖아요."

"에이, 저희가 데뷔 몇 년 차인데요. 멤버들 중에 연애하는 애들도 많아요."

아아, 에프터 픽시가 아홉 명이라고 했던가. 연애하는 멤버도 있을 법하지. 근데 군이 그런 것까지 말해주는 이유는 뭐야.

"그럼 조금 있다 봬요."

아직 시간이 조금 이르기 때문에 각자 조금 쉬었다가 신사동에서 만나기로 했는데, 소윤이 내 팔을 잡아끌었다.

"으음 오빠. 근데요."

"네?"

"문교 선배님께는…… 아직 말씀 못 드렸는데."

제아무리 쾌활한 소윤이지만 송문교와는 회식 때도, 리딩 때도, 촬영 때도 제대로 된 대화 한번 못 해봤다고 했다.

송문교가 아웃사이더를 자처하며 워낙 독불장군처럼 굴었으니 어찌 보면 당연한 결과다.

"저보다는 소윤 씨가 물어보는 게 효과적일 텐데요?"

내 말에 소윤이 진저리난다는 듯 고개를 가로저었다.

"으으, 완전 차가우서서 사적인 얘기는 한 마디도 못 붙여 봤어요. 오빠가 물어봐 주시면 안 돼요?"

내가 잠시 망설이자, 옆에서 가만히 듣고 있던 김균오가 끼어들며 말했다.

"어. 문교 선배님이다. 선배님!"

평소 남 눈치를 전혀 보지 않는 스타일인 십 대들의 라이징스타, 탑 모델 김균오.

"문교 선배님. 배우들끼리 한잔하려고 하는데, 선배님도 가실 거죠?"

"아니."

"아, 안 가신다는데요?"

송문교의 단호한 거절에 어깨를 으쓱이며, 웃는 얼굴에 침을 뱉을 수도 있다는 격언을 몸소 보여준다.

"저희끼리 가야겠네요."

쟤도 참 독특하다.

나는 태워주겠다는 재익이 형의 말을 한사코 거부하며, 집에서 편한 옷으로 갈아입은 뒤 혼자 지하철에 올랐다.

─……신사동 이자카야 요코센 매니저 동반 금지! 순수하게 우리들만!

매니저 동반 금지라는 대목에서 오늘 술자리가 단순한 '친목 도모'가 목적이 아님을 눈치챘다.

주연급 배우 라인 중 맏형이라고 할 수 있는 나와 송문교 사이에 모종의 트러블이 있음을 파악한 소윤, 김균오, 박청아는 내게 '대화'를 제안한 것이다.

그제야 나는 깨달았다.

아, 그동안 애들 엄청 불편했겠구나.

일반적인 술집을 상상했던 나는 요코센에 들어서자마자 잘못 들어온 게 아닌가 싶어 그 자리에 멈춰 섰다. 포장마차에 어묵탕이 편한 나와는 전혀 어울리지 않는 고급스러운 느낌 때문이다.

어두운 조명에 중간중간 일본식 전등갓이 달려 있었고 전체적으로 디귿 모양의 실내 중앙에는 분수대도 있다. 대충 둘러보니 전부 룸(Room) 형식으로 구성된 프라이빗한 술집이었다.

깔끔하게 옷을 차려입은 매니저가 내게 다가왔다.

"예약하셨나요?"

"아, 그게 일행이 있어요."

"성함 좀 알 수 있을까요?"

"제 이름이요?"

"네."

"도재희…… 입니다."

"아, 저를 따라오시면 됩니다."

매니저를 따라 들어가면서 나를 제외한 이들이 유명 아이돌, 혹은 스타 모델이라는 사실을 뒤늦게 깨닫고 피식 웃어버렸다.

내가 촌놈 티를 너무 팍팍 내나.

"아! 오빠, 오셨어요?"

"찾기는 어렵지 않던데요? 그런데 처음엔 술집 아닌 줄 알았어요."

"호호, 여기 분위기가 조금 다르죠? 일단 앉으세요."

소윤도, 김균오도 그리고 박청아도 촬영장에서 보던 분위기와는 조금 달랐다. 제작 발표회 직후라 메이크업이야 기본이었지만, 제 나잇대에 어울리는 수수한 옷차림은 처음이다.

제법 잘 어울린다는 생각이 들었다.

소윤은 두꺼운 후드티를 뒤집어쓰고 있었고, 김균오도 의상에 전혀 힘을 주지 않은 모습이었다. 박청아는 흰색 와이셔츠에 스키니 진을 입었는데, 이런 자리는 어색하다는 듯 연신 주위를 두리번거리고 있었다.

어쩐지 나와 비슷한데.

소윤이 웃으며 말했다.

"헤헤, 사실 배우들끼리 자리를 한번 만들고 싶었어요. 촬영 끝나면 다들 피곤해서 쉬기 바빴으니까……"

"좋죠. 기왕 배우들 모이는 거, 선생님들도 불렀으면 좋았을 텐데."

내 말에 소윤이 조금 주저하며 말했다.

"아, 그게…… 선생님들도 모시고 싶은데, 사실……"

나는 소윤이 왜 선생님들을 부르는 것을 주저했는지에 대해 잘 알고 있다.

"저랑 문교 때문에요?"

시작부터 돌직구를 날리자 소윤이 얼떨떨하게 고개를 끄덕였다.

"……아, 그게……."

송문교는 주연으로서 중심을 잡고 배우 라인을 이끌고 가야 하는 위치다. 하지만 감독과의 트러블, 그리고 나와의 문제 때문에 기가 많이 죽어 있는 상태라 그 역할을 제대로 소화하지 못 했고, 그래서 현장 분위기는 그리 밝지 못하다.

어쩌면 이 자리에 가장 필요한 사람이 송문교일지도 모른다. 케케묵은 감정을 해소하고, 작품을 위해서 힘을 합쳐야 하니까. 하지만 녀석은 아직도 자기 역할을 전혀 못 하고 있다.

"그동안 많이 불편했죠, 촬영장?"

"그게…… 서로 다른 사람들이 모여 있으니까, 당연한 거라고 생각해요. 저희 멤버들끼리도 매일 싸우니까……. 그래도…… 화해하려고 노력은 하거든요."

나는 신사역으로 오는 지하철에서 이 자리를 어떻게 이용하면 좋을지에 대해 고민했다. 하지만 아무리 생각해 보아도 답은 하나다. 너무나도 당연하게도 하나의 결론으로 귀결되어 버린다.

"문교가…… 원래 좀 그래요."

"예?"

송문교와 내 사이가 개선될 가능성은 없다. 그렇다면 차라리, 이들을 내 편으로 만들어 버리자.

"조금 아이 같은 면이 있어요. 자기가 갖고 싶은 것은 다 가져야 직성이 풀리죠. 아마 제가 오디션에 붙을 줄 몰랐나 봐요. 문교가 저를 좀 싫어하거든요."

하지만 너무 영악해서도 안 된다.

"아, 없는 사람 얘기는 별로 하고 싶지는 않은데. 문교가 왔어야 하는데, 그죠?"

"아, 그러니까요. 오셨으면 좋았을 텐데……."

최대한 자연스럽고, 은근하게.

"제가 잘 맞춰볼게요. 그러니 너무 걱정하지 마세요."

소윤의 얼굴이 조금 밝아졌다.

"일단, 주문할까요?"

내가 비겁한가?

아니, 전혀.

술이 제법 얼큰하게 들어갔다.

중탕해서 먹는 사케에 요즘 흠뻑 빠져 있다는 소윤과 달리, 뜨거운 술에 매력을 느끼지 못한 나와 박청아는 시원한 소맥, 김규오는 맥주만 마셨다.

하지만 김균오가 제일 먼저 취해 버렸다.

"끅, 제가 술을 못 마시지는 않는데……."

혀가 한참 꼬부라져서는 테이블에 머리를 처박고 주절거렸다.

"오늘 왜 이러지이……."

"적당히 먹어요. 컨디션 조절해야지."

"으어, 재희 선배. 아 아니, 형, 형이라고 부르기로 했죠오. 아! 형은 좋겠다. 군대도 다녀오시고…… 전, 흐릅! 군대 생각만 하면 눈앞이 깜깜해져요."

언제는 남자답게 '고문관'으로 당당히 다녀오겠다더니.

내가 이들과 술 한잔 나누며 느낀 점은, 탑 모델이든 유명 아이돌이든 결국, 똑같은 사람이라는 점이다.

남의 말을 잘 듣지 않는다는 재밌는 공통점이 있었지만, 또래들과 유별나게 다를 것도 없는 이십 대다.

"소윤 씨는 회사에서 연기하라고 권했다고 했나요?"

"아뇨, 제가 하고 싶다고 했어요."

"원래 관심 있었어요?"

"조금? 그보다는 회사에서 위치가 좀 애매하잖아요."

소윤은 그룹 에프터 픽시에서 메인 보컬도, 얼굴 마담도, 그렇다고 예능 담당도 아니라고 했다.

"뭐라도 해야죠."

연기는 살아남기 위한 필수불가결한 선택인 셈이다.

요즘 그런 아이돌이 많지만, 소윤은 연기를 곧잘 한다. 비난하고 싶은 생각은 없다.

"균오 씨는 어때요? 아, 술잔은 내려놓고."

"흐흡! 저는 회사에서 마스크가 아깝다고…… 먼저 시키긴 했는데…… 저 완전 발 연기죠?"

아니라고는 말 못 하겠다.

김균오가 상처받은 강아지처럼 입술을 떨었다.

"저도 알아요. 저 완전 발 연기인 거……. 감독님이 제 대사를 앞으로 줄이겠다고 하셨어요. 가만히 있는 게 제일 멋있다고."

감독님이 생각 잘하셨는걸. 내 생각에도, 김균오는 입 열기 전이 제일 멋있다. 제발 런 웨이 사진 속에서만 남아줘.

"저 연기 계속할 수 있을까요?"

"음, 하다 보면 늘지 않을까요?"

"저 벌써 두 작품도 넘게 했거든요. 아무래도 재능이 없나 봐요오오. 아, 재희 형! 저 연기 좀 가르쳐주시면 안 돼요?"

"에이, 제가 무슨……."

결정적으로 이 자리가 분위기가 좋을 수밖에 없는 이유는, 내가 〈청춘 열차〉 스텝들에게 가장 큰 신뢰를 받고 있는 배우이기 때문이다.

원 롤, 원 오케이, NG 없는 대사 암기의 신.

내 촬영 분량만 찍으면, 촬영이 빨리 끝난다는, 스텝들에게 파다하게 퍼진 달콤한 소문까지.

촬영 감독님은 카메라 받는 스킬만 조금 더 익히면 완벽하다고 치켜세웠고, 그 모습을 옆에서 본 연출 감독님은 카메라는 우리가 다 맞출 테니 하고 싶은 대로 연기하라며 입이 닳도록 칭찬을 아끼지 않았다.

자연스럽게 분위기가 내 쪽으로 흐른다.

"형, 현장에서 보면 가끔 부러워 죽겠어요. 연기를 어쩜 그렇게 잘하세요."

김균오는 숙취해소제를 입안에 털어넣으며 말했다.

"크으, 머리야. 근데 형, 진짜 대본 통째로 다 외우세요?"

"누가 그래요?"

"스텝들이 그러던데요? 상대방 대사까지 다 외운다고."

내가 대답 없이 알 듯 말 듯 미소만 짓자, 소윤이 눈을 가늘게 뜨며 말했다.

"그거 저도 들었거든요. 근데 어떻게 그럴 수가 있을까요? 뭔가 이상하지 않아요?"

"뭐가요?"

그러고는 마치 탐정이라도 된 듯, 테이블에 턱을 괴며 말했다.

"대사를 다 외우는 게 상식적으로 가능할까 해서요. 제가 너무 신기해서…… 영미 씨, 그러니까 오빠 스타일리스트한테 물어봤거든요. 근데, 영미 씨가 그러더라고요. 오빠 차에서 대본 보는 모습 한 번도 본 적 없다고."

"……."

영미 씨……. 은근히 입이 가벼운 스타일이구나.

김균오가 화들짝 놀랐다.

"에, 정말? 어, 어. 그러고 보니 재희 형…… 대본 들고 있는 거 한 번도 본 적 없네. 뭐죠?"

김균오가 박청아를 향해 물었다.

"두 분 현장에서 자주 만나잖아요. 청아 누나는 본 적 있어요?"

"아, 그러고 보니 저도 못 본 것 같은데……."

매일같이 마주치는 박청아의 확답에 소윤이 엄지와 검지를 튕겼다.

딱!

"거 봐! 뭐가 이상하잖아. 차에서도 대본을 안 보면, 도대체 언제 대사를 외운다는 거죠? 역시, 수상해."

그러더니 양 볼을 큼지막하게 부풀리며 말했다.

"제 생각에는 재희 오빠, 뭔가 숨기는 게 있어요."

"……뭘요?"

침을 꿀꺽 삼켰다.

소윤은 자신이 코난이라도 되는 듯, 턱 끝을 매만지며 고민에 빠진다.

"뭔가 있는데……."

그렇게 잠시 중얼거리더니, 이윽고 눈을 번쩍! 뜨며 푼수같
이 소리쳤다.

"재희 오빠, 머리 엄청 좋죠!"

"……."

"대본을 한 번만 봐도 바로 외워버리는 거지!"

소윤의 추측에 김균오의 머리 위에서 전구가 솟아났다.

"오오오. 맞네, 맞아! 형 알고 보면 학력 막, 서울대 아니에
요? 잘 생기고 머리도 좋은, 엄친아! 막 이런 거?"

"그치, 그치? 약간 사기 캐릭터 느낌 좀 있지?"

"오오올 소윤! 추리 좋은데? 재희 형, 아이큐 몇이에요?"

"아, 아이큐?"

제법…… 날카로운 질문이다. 너무 날카로운 질문이라 질문
에 베이겠는걸. 어떻게 대답해야 할지 도통 감이 오질 않는다.
모르겠다. 이 자식들 대체 정체가 뭐지?

"푸흐흡."

내가 웃음을 터뜨리자, 곁에서 이 모든 상황을 지켜보던 박
청아도 함께 웃음을 터뜨렸다.

"아이큐래, 큭큭."

여하튼, 앞으로는 조심 좀 해야겠다는 생각이 들었다. 이를

테면 대본을 두 권씩 받아서, 하나는 흡수하고 하나는 보여주기식으로 현장에 들고 다니는 정도로 써야지.

괜한 의심을 살 필요는 없잖아.

그날 이후 연이어 촬영이 이어졌다.

첫 방송 전까지 4회 촬영을 털어버려야 한다는 감독님의 선언 아래, 폭탄이라도 맞은 듯한 강행군이 이어졌다.

단 하루의 휴일도 없는 빡빡한 일정이 지나가고, 드디어 12월 18일 월요일 밤 10시, 〈청춘 열차〉 첫 방송 날.

저녁 8시까지 모든 촬영을 접고, 고깃집 1층 전체를 대관하여 모든 배우와 스텝들이 한자리에 모였다. 전체 회식 겸, 모두가 고생해서 찍은 1회 첫 방송을 함께 모니터하자는 취지에서였다.

"자! 그동안 고생 많았어요. 오늘 간단하게 한잔하고, 마음껏 먹읍시다."

"감독님! 그럼 내일 촬영은 없는 건가요?"

"응? 안 되지, 그건 안 돼. 촬영은 해야지. 으흐흐."

"에이, 그럼 술은 못 마시잖아요. 힝!"

헤드급 스텝들과 드라마에 출연하는 모든 배우들이 한 테이블에 앉아 식사를 시작했다. 밥을 먹다 보니 어느새 대화의 주도권을 내가 쥐고 있었다.

"재희 씨는 이번 작품이 데뷔작이나 다름없는데, 집에서 뭐라고 해요? 좋아하시죠?"

"그럼요. 엄청 극성이시죠. 아마 지금쯤, 친구분들 전부 TV 앞에 앉혀놓으셨을 걸요? SBC 채널 고정! 신신당부하시면서."

"으흐흐. 우리 드라마 시청률 잘 나오면, 재희 씨 어머님이 숨은 1등 공신이시네."

분위기가 왁자하게 무르익었다.

"오, 시작한다!"

소윤의 외침에 장내의 모두의 시선이 TV로 모아졌다.

〈청춘 열차〉 시그널 음악이 나오며, 분위기가 반전되었다.

달콤한 첼로 선율에 낭랑한 피아노가 가미된 재즈가 흘러나오고 이내, 송문교와 소윤의 얼굴이 화면을 꽉 채웠다.

"저게 누구야!"

연출부가 장난스럽게 환호하자 소윤이 얼굴을 붉혔다.

"아, 왜요오? 똑같이 생겼는데에……."

아니야. 내가 봐도 화면이 너무 잘 나왔는데?

송문교는 익숙한 듯 무덤덤한 얼굴로 TV를 주시했고, 김균오는 자기가 나오는 화면이 부끄러운지, 손으로 얼굴을 반쯤 가리며 중얼거렸다.

"으아, 못 보겠네……."

다음은 나와 박청아의 차례.

이 많은 사람들과 함께 TV에 나오는 내 모습을 보고 있자니, 머쓱한 기분을 감출 수 없지만 입꼬리는 올라간 뒤로 도통 내려올 생각을 않는다.

"이야, 도 배우!"

재익이 형이 내 옆자리로 비집고 들어와 맥주잔을 건넨다.

"정식 데뷔 축하한다?"

"고마워요 형."

나는 기꺼이 잔을 받아들고 시원하게 맥주를 넘겼다.

"헤헤……."

박청아도 기분이 좋은지 헤실헤실 웃으며 얼굴을 붉힌다.

-1회.

감독 문병철. 극본 김혜숙.

드라마가 시작되자, 모두 프로의 시선으로 작품에 몰두하기 시작했다.

FD는 옥에 티는 없는지 주시하고, 스타일리스트는 피부톤을 확인하고, 의상팀은 소매가 뒤집힌 사람은 없는지…….

전체적으로 조용한 분위기에서 관람이 이어졌다.

나 역시 숨을 죽이고 드라마에 온전히 집중했다.

TV 속에서 펼쳐지고 있는 내 연기, 내 호흡, 내 작품.

"……"

60분이 지나고, 2회 예고가 흘러나올 때 나는 속에서 뜨거운 무언가가 솟구치는 듯한 느낌을 받으며, 참아왔던 숨을 토해내듯 말했다.

"재밌다!"

단순히 '내가 나와서' 같은 주관적인 감정이 아니다. 대본을 읽을 때도 느꼈지만, 아무 생각 없이 몰입해서 보기에 부족함이 없다.

배우들의 연기는 장점은 부각하고 단점은 최대한 편집으로 숨겼으며, 매끄럽게 녹아 들어간 통통 튀는 CG로 감독의 센스를 엿볼 수 있었다.

"이야! 찍을 때는 몰랐는데, 우리 드라마가 이렇게 재밌었나? 감독님. 편집하느라 고생 좀 하셨겠는데요?"

촬영 감독님의 능청스러운 호들갑에 스텝들이 함박웃음을 지어 보였다.

"괜찮았죠?"

"편집 너무 잘 됐는데요? 균오 씨, 연기 잘하네, 응?"

"으아…… 감독님 덕분이시죠."

"큭큭큭큭."

"감독님, 실시간 반응도 괜찮은데요? 시청률 기대해도 좋을 것 같아요"

시청률이 집계되려면 시간이 조금 걸리지만, 실시간 검색어나 댓글의 실시간 반응만으로도 대략적인 유추가 가능하다고 한다.

제작 PD의 말에 따르면.

"뚜껑 열려봐야 알겠지만, MKC 쪽 반응이 생각보다 별로네요? 시청률 2위도 노려볼 만하겠어요."

2위도 노려볼 수 있겠다는 예상. 그리고 시청자들 반응에 참고하여 시시각각 기사들도 쏟아져 나왔다.

[불붙은 시청률 전쟁! 새로운 월화드라마 왕좌는 누구?]

[〈청춘 열차〉 소윤 X 송문교 케미 돋보일까?]

[〈청춘 열차〉 인생 드라마로 불릴까? 감동+코미디 사냥!]

[〈청춘 열차〉 송문교, 도재희. 1화 엔딩 불꽃 튀는 연기 배틀! 승자는 누구?]

[에프터 픽시 소윤, 도재희 김균오와 함께 다정한 촬영장 셀카 공개! '훈훈하다' 일각에서는 '송문교는?']

트위터나 기사 댓글들도 '생각보다 재밌어서 계속 봤다', '몰입감이 좋다', '옛날 생각난다' 등등, 호평 일색이다.

실시간 반응을 확인한 문병철 감독님이 흐뭇한 미소로 자리에서 일어나더니, 빈 잔에 맥주를 가득 따르며 소리치셨다.

"자, 한잔합시다!"

그리고 다음 날.

제작 PD가 예상했던 시청률 2위?

그 뚜껑이 열렸다.

··· 6장 ···

차기작은 제가
정하고 싶은데요

결론을 먼저 말하자면, 나름대로 분전했지만, 시청률은 방송 삼사 중 꼴찌다.

방송 삼사 중에서 첫 방송을 2주일 먼저 시작한 KTN의 월화 미니시리즈 〈랜선 사랑〉의 시청률은 9.2%로 동 시간대 시청률 1위다.

"얘네는 원래 방영하던 작품이니까 그 점 생각해야지. 다음 주면 좀 떨어질 거야."

기존에 SBC와 MKC에서 방영하던 미니시리즈가 동시에 종영하며 일부 시청자들이 먼저 방영되고 있던 KTN 〈랜선 사랑〉으로 몰렸다는 것이다.

박찬익 팀장의 예상으로는 다음 주면, 거품이 더 빠질 것이란 추측.

"본격적인 라이벌 구도는 결국, 신작 둘 중 하나야."

MKC 신작인 〈러브 어썸〉은 유부녀가 되어서도 절정의 미모를 과시하는 톱스타 황지애가 캐스팅되며 화제가 된 드라마다. 하지만 시청률은 8.7%. 황지애라는 거물급을 캐스팅한 것에 비해 조금 아쉬운 성적이다.

SBC의 〈청춘 열차〉 시청률은 5.4%. 10%를 넘긴 드라마가 하나도 없는 가운데, 나쁘지 않은 출발이다.

"뭐, 어쨌든! 시청자들 평가는 좋으니까 반등의 여지는 있는 셈이지."

아직은 꼴찌지만, 황지애의 드라마가 예상보다 재미가 없어 시청률이 더 떨어질 것이고, 〈청춘 열차〉에는 호평이 이어지고 있으니 2위 싸움도 가능하다는 예측이다.

하지만 이 성적도 마음에 들지 않는 듯, 송문교가 인상을 찌푸렸다.

"반등의 여지는 무슨…… 감독이 개판인데, 될 것도 안 되지."

아, 그러세요.

내가 보기에 우리 드라마의 시청률을 갉아먹는 제일 큰 요인은 팀워크에 전혀 도움이 안 되는 송문교지만, 낯짝이 두꺼운 건지 뭐라 할 말이 없다.

박찬익 팀장이 혀를 차며 말했다.

"너희는 시청률 너무 신경 쓰지 마. 이런 건 제작진들이나 신경 쓰는 거야. 너희가 너무 여기에 신경 쓰면, 오히려 연기에 방해된다?"

말이 끝나기가 무섭게 송문교가 자리에서 일어났다.

"촬영 간다."

그러고는 마치 뭐 마려운 똥강아지 같은 얼굴로 도망치듯 나가버렸다. 그 모습을 물끄러미 바라보던 박찬익 팀장이 비릿하게 미소 지었다.

"문교, 바짝 긴장했나 본데."

[월화드라마 시청률 전쟁! 황지애 VS 송문교!]

이런 자극적인 제목의 기사가 나오는 마당에 부담이 될 수밖에.

박찬익 팀장은 이내 고개를 돌리며, 내게 물었다.

"너는 왜 이러고 있냐, 촬영 안 가?"

내가 헤벌쭉 웃으며 말했다.

"아, 저 오늘 촬영 없어요."

"응?"

오늘은 내 촬영 스케줄이 없다. 모처럼의 휴일이다.

"그럼 집에서 쉬지, 사무실은 왜 나왔어?"

박찬익 팀장이 황당하다는 듯 물었지만, 나는 뻔뻔한 얼굴로 뒤편에 쌓여 있는 대본 탑을 가리키며 말했다.

"대본 좀 보려고요."

쉬어서 뭐하겠는가. 1년이라는 목표를 잡았으니, 지금은 더욱 빠르게 노를 저어야 할 때다.

"안 피곤해?"

"견딜 만해요."

"너도 참, 독하다."

박찬익 팀장은 '이런 놈 처음 봤다'는 눈빛으로 피식 웃고는 장난스럽게 넘겨버렸다.

탁.

나는 일전에 박찬익 팀장이 내게 주었던 시나리오 세 권을 박찬익 팀장 책상 위에 올려놓았다.

〈면목동 예술가들〉, 〈여인의 외침〉, 〈버스 드라이버〉

일전에 박찬익 팀장이 읽으라고 주었던 대본들이다.

박찬익 팀장은 '이게 뭐냐?' 하는 눈빛으로 시나리오를 뒤적거리더니, 이내 생각난 듯 반색하며 물었다.

"아, 이거 전부…… 읽어봤어?"

"네."

"어때?"

"그다지……."

내가 입술을 내밀며 대답을 흐리자, 박찬익 팀장은 의외라는 듯 말했다.

"응? 그럴 리가. 제대로 읽어본 거 맞아?"

그러더니 〈여인의 외침〉을 펼쳐 들고는 말했다.

"여기, '풍효' 캐릭터. 딱 넌데."

〈여인의 외침〉 58점, 대본 세 권 중 제일 별로다.

"비중은 크긴 한데, 인물이 너무 찌질해요. 로맨스에 멜로가 섞였다는 구성 자체도 마이너한데다, 끝에 억지로 쥐어짜 내는 감동도 그렇고…… 그다지 매력이 없는데요."

"음……."

내 솔직한 의견에 박찬익 팀장이 고개를 끄덕이며 동조했다.

"그럼 이건?"

〈면목동 예술가들〉과 〈버스 드라이버〉, 각각 67점과 62점으로 〈여인의 외침〉보다 조금 나은 수준이다.

"글쎄요."

작가에게는 미안하지만, 나는 웃는 얼굴로 두 작품의 단점을 거침없이 지적하기 시작했다. 멀쩡한 시나리오 세 개가 순식간에 양파 껍질처럼 까이자, 내부 작업에 열중하던 영미 씨와 재익이 형은 흥미로운 얼굴로 어느새 내 옆에 다가와 고개를 함께 끄덕였다.

"크, 날카로운 비평!"

"올! 오빠 평론간 줄."

박찬익 팀장이 시나리오 세 권을 책상에 내려놓고 고민에 빠졌다.

"흐음, 하긴. 이제 막 뜨기 시작했는데, 아무 작품이나 고를 수는 없지."

박찬익 팀장은 결심이라도 한 듯, 자리에서 일어나 대본 '탑'에 쌓여 있는 대본들을 한 움큼 집어 들고 책상으로 가져왔다.

"나도 다 읽어보지는 못했거든? 근데 시놉시스 훑어보고 괜찮은 거 몇 개 체크해 둔 게 있을 거야. 잠시만……."

그리고 대본들을 골라내기 시작하려는데, 내가 막아섰다.

"팀장님. 그냥 제가 다 읽어보면 안 돼요?"

"응, 이거 전부? 오래 걸릴 텐데."

얼핏 봐도 스무 권 남짓이다.

"내일 촬영인데 좀 쉬어야지. 너무 무리하지 마."

나는 고개를 저었다.

"금방 읽어요."

십 분이면 충분하다.

아예 사무실 한편에 자리를 깔고 앉아 대본을 골라내기 시작했다.

처음에는 펼쳐보지도 않고 '점수'만 확인하며 휙휙 대본을 골라냈지만.

"호오, 이거 재밌겠는데?"

어느새 재익이 형이 의자를 붙이고 옆에서 구경을 시작한 터라, 대충 훑어보는 시늉이라도 하기 시작했다. 그래서 생각보다 조금 더 오래 걸렸는데, 어쨌든 최종적으로 골라낸 작품은 두 개였다.

〈오서독스〉와 〈양치기 청년〉, 두 작품 모두 90점 이상의 완성도를 자랑했다.

국내 유명 복싱 챔피언의 삶을 바탕으로 쓰인 〈오서독스〉의 대본 점수는 무려 91점이었다.

맛깔나는 전개에 실존 인물의 삶을 바탕으로 하여, 내용도 탄탄하다. 복싱 영화라는 소재 자체가 국내에서 큰 재미를 본 경우가 드물지만, WBC 챔피언 방어전, 극일(克日)전 같은 '사이다' 소재라 잘만 찍으면 입소문을 이용한 흥행도 가능할 시나리오다.

"아, 이 대본 장난 아닌데."

하지만 욕심을 부릴 수가 없었다. 복싱을 잘하고 못하고가 아니라, 이미지 자체가 나와는 전혀 맞지 않는다. 주연의 키가

160cm 중반인 점을 고려하면, 아예 지원 자체가 불가능하다.

내가 탄식하자 재익이 형이 말했다.

"〈오서독스〉! 재밌긴 하겠네. 근데 재희 네가 이 영화를 하려면 방법은 딱 하나야."

"오! 뭔데요?"

"다른 배우들 키를 전부 2m로 캐스팅하면 가능해."

상대적으로 작아 보이게 만드는 건가. 너무 기발한 생각이라, 할 말을 잃어버렸는걸.

"흐흐, 농담이야."

이제 남은 90점 이상의 대본은 〈양치기 청년〉 하나다.

시골 동네 양아치들의 삶을 B급 감성에 더해 코믹하게 그려낸 영화, 그런데 대본의 완성도만큼은 무려 93점이다.

"……."

하지만 성공하고 싶은 욕심이 있다면, 당장 손에서 놔야만하는 작품임이 분명해 보인다. 취향이 확실히 갈릴 만한 내용으로, 장르의 매니아 층도 두텁지 않아 상영관이 몇 개나 될지알 수 없을뿐더러, 이런 마이너한 영화로는 절대 성공하기 힘들 테니까.

"이건 어때?"

재익이 형이 내게 대본 하나를 추천했다.

〈피셔〉

희대의 보험 사기꾼 통칭 '피셔'와 이를 쫓는 특수 검사의 대결 구도를 가볍고, 긴장감 넘치게 구성한 액션 영화.

매해 비슷한 영화가 두세 작품씩 만들어지는 특별할 것 없는 종류의 오락영화지만, 이 영화에는 특별한 점이 하나 있다.

"감독 한만희! 죽이지?"

데뷔작 〈우리 누이〉로 260만 관객을 동원하더니, 이듬해에 〈한산도〉로 1,050만 관객을 동원하며 천만 감독 대열에 합류한 한만희 감독의 차기작.

"이거야말로 네가 잡아야 할 작품 아니냐?"

하지만 한만희 감독이라는 이름값보다, 내 눈에는 '완성도'가 먼저 눈에 들어왔다.

[67/100]

특별할 것 없는 점수다.

"주연은 좀 힘들겠지만, 우리랑 몇 작품 했던 영화사라 조연 하나 정도는 오디션 볼 수 있을 것 같은데."

"제가 신인이라서요?"

"그래. 벌써 내정되어 있는 배우도 있다고 하더라. 조승희 알지?"

조승희는 아역부터 시작하여 탄탄하게 커리어를 쌓은 국민

배우, 나와는 비교도 되지 않는다.

"조승희가 내정되어 있는데, 신인이 눈에 들어오겠어?"

"그건 그러네요."

전 국민이 다 아는 유명 배우가 주인공이다. 거기다, 천만 감독의 차기작.

"이런 작품에는 조연으로만 들어가도 훌륭하지. 이런 걸…… '버스' 탄다고 하나? 완전 흥행 보증수표잖아."

대본 점수와는 관계없이, 캐스팅 보드와 연출의 실력만 놓고 봤을 때, 연타석 홈런을 칠 가능성이 농후해 보인다.

이번에도 1,000만까지는 아닐지도 모르지만, 배우와 감독 이름만으로 못해도 손익분기점 이상은 먹고 들어갈 만한 흥행 파워가 있으니까.

"근데 이게, 조연 한 자리 차지하는 것도 힘들지 몰라. 워낙 하고 싶어 하는 사람이 많을 테니까."

성공하려면 당장 〈양치기 청년〉을 내려놓고 〈피서〉에 집중하여 조연 한 자리라도 얻어내는 것이 맞다. 내가 원하는 것은 작품성 있는 영화를 찍는 것이 아니라 1년 이내에 '큰 성공'을 거두는 거니까.

하지만 왜 자꾸 찝찝할까? 아니, 이유는 이미 알고 있다. 모르는 척하고 싶을 뿐이다.

[93/100](+a)

[67/100](+12)

완성도, 그리고 그 옆 괄호 안에 표시된, 나와 대본이 만나
성장할 수 있는 가능성.

그저 평범한 〈피서〉의 점수에 비해, 〈양치기 청년〉은 나
와 만나면 얼마나 성장할지 추측할 수조차 없다.

'뭐해, 안 잡아?'

마치 꼭 잡으라고 내게 말하는 것만 같다.

"왜, 그 영화가 끌려?"

재익이 형의 질문에 내가 고개를 끄덕였다.

"조금요. 이상하죠?"

하필, 독립영화 대본에 끌리다니.

하지만 재익이 형은 의외로 고개를 저었다.

"SAFA 제작이면, 그리 나쁘지는 않을 것 같은데, 물론 '주연'
으로 들어갔을 경우지만."

SAFA, 서울영화아카데미 장편 제작 과정 워크샵 대본.

즉, '엘리트' 출신 젊은 예비 영화감독들의 저예산 데뷔작이
라 할 수 있다. 같은 독립영화라도 업계에서 가지는 영향력은
다르다. SAFA라는 이름 자체가 주는 '힘'도 있고, 이들이 끼고
있는 배급사도 대기업이다.

아카데미 출신의 유명 영화감독들도 많고, SAFA에서 제작하는 영화를 통해 데뷔한 배우들도 많다. 즉, 독립영화계의 '황금 동아줄'인 셈이다.

"……아."

확실히 대본 완성도가 높은 이유가 있었다. 연출이 누구인지는 몰라도 데뷔작을 이 정도 완성도로 써낸다면, 앞으로 황금알을 낳는 거위가 될 것이 분명해 보였다.

"천천히 생각해. 아직 시간 좀 있을걸?"

욕심이 생겼다, 〈피서〉, 〈양치기 청년〉도 모두.

나는 두 개의 대본을 들고 고민했다.

무엇을 해야 좋을까? 그 어느 것도 확정된 것은 없지만, 선택과 집중이 중요하다는 것쯤은 잘 알고 있다.

하지만 고민은 길지 않았다.

"팀장님."

"응?"

나는 대본 두 권을 모두 들어 올리며 말했다.

"둘 다 하면 안 돼요?"

"응?"

둘 다, 그냥 다 해버리면 간단한 일이다. 상업영화의 '주연'은 아주 특별한 경우가 아니고서야 오디션을 통해 뽑지 않는다. 〈피서〉처럼, 이미 제작단계부터 섭외를 통해 내정되어 있는 것이 다반사, 즉 내가 메이저 영화에서 주연을 따내려면, 차근차근 조연을 밟아나가며 인지도를 끌어올려야 한다는 말인데, 그건 너무 늦다.

차라리 〈피서〉를 통해 메이저 영화에도 발을 걸쳐놓고, 독립영화 〈양치기 청년〉의 주연으로 성공을 거둔다면 어쩌면 황금알을 낳는 거위를 내 편으로 만들며 단번에 주연급으로 올라갈 수 있지 않을까?

"나쁘지는 않은데…… 그래도 미니시리즈로 시작했는데 군이 독립영화를 할 필요는 없지 않아? 상업영화 조연으로 들어갈 수 있는 작품들 많은데, 왜 군이?"

"주연이 하고 싶으니까요."

단순하다. 120분 러닝 타임을 온전히 내 힘으로 끌고 가는 '주연'이 아니라면, 독립영화를 선택할 이유는 없다.

"기회만 주세요. 반드시 물어올 테니까."

내 자신만만함이 어떻게 비쳐질까.

적어도 박찬익 팀장의 얼굴이 묘하게 밝은 것으로 보아, 오만하게 보이지는 않은 듯했다.

그때, 재익이 형이 잽싸게 영미 씨의 옆구리를 콕콕 찌르며 말했다.

"영미 씨. 내가 그랬지? 쟤 욕심 엄청 많다니까."

영미 씨는 황당한 얼굴로 고개를 절레절레 저었다.

"그러게요. 세상 착한 얼굴로 작품 욕심 좀 봐."

"……."

어이, 다 들려요.

차창 너머 길거리에서 크리스마스 캐럴이 은은하게 울려 퍼졌다.

어느새, 12월 24일 크리스마스이브, 모처럼 오후 일찍 촬영이 끝나고 서울로 돌아가는 축제 차량에 때마침, '성탄절 선물'이 내게 도착했다.

"뭐라고요, '피서'? 오케이! 알았어요."

재익이 형은 뭐가 그리 급한지, 목에 걸고 있던 블루투스 이어폰을 거칠게 뽑으며 말했다.

"재희야! '피서' 쪽에서 연락 왔다."

일전에, 작품 두 개를 다 하고 싶다고 내가 말했을 때, 박찬익 팀장은 그다음 날 곧바로 마포구의 영화사 사무실을 찾아갔다고 했다. 대답은 오디션 날짜가 아직 확정이 안 된 상태라고 했다.

그 후로 〈청춘 열차〉에 매진하느라 영화는 까맣게 잊고 있었는데, 드디어 답변이 온 모양이다.

"뭐래요?"

"비공개 오디션이고, 자유연기 준비해 가면 된다."

오디션을 볼 수 있다.

"그런데, 더 재밌는 게 뭔지 알아?"

"뭔데요?"

"흐흐. 역할은 미정이야."

역할은 미정. 즉, 오디션을 보고 연기력과 비주얼이 마음에 들면, 현재 시나리오에서 남아 있는 적당한 배역에 배치하겠다는 말이다.

이럴 경우 회사나 배우가 가진 영향력에 따라 분배되는 역할이 조금씩 달라지기도 하는데, 내 경우에는 호재로 작용할 수 있다.

"찬익이 형이 한만희 감독이랑 관계가 좋아. 이번에도 1 대 1로 미팅해서 따온 결과니까, 기대해도 좋을 것 같다."

L&K와 영화사의 관계도 좋고, 나 역시 오디션이라면 자신 있었으니까.

"오디션 준비만 잘하면 괜찮은 배역, 딸 수 있어."

조용히 내 옆자리에서 듣고만 있던 영미 씨가 휴대폰을 슥 내려놓으며 말했다.

"아…… '피서' 대본 읽어봐야겠네."

"응? 영미 씨, 대본 아직도 안 읽었어?"

"네. 오빠 들어가는 거 확정되면 읽으려고 했죠, 지금처럼."

"응? 저 오디션 봐야 하는데요?"

영미 씨가 껌을 질겅질겅 씹으며 말했다.

"어차피 붙을 거잖아요."

아직 오디션도 보지 않았는데, 마치 내가 붙는 것이 기정사실이라도 된 듯한 반응이다.

"……그래야죠?"

어쨌든, 느낌이 좋다.

하지만 아직 선물을 반쪽밖에 받지 못했다.

내가 물었다.

"형, '양치기 청년'은 연락 안 왔어요?"

내 질문에 재익이 형이 조금 난감하다는 얼굴로 말했다.

"그거? 네 프로필 메일로 보내놓긴 했는데, 그 뒤로는 잘 모르겠다. 읽은 것 같기는 한데 아직 연락이 없네?"

재익이 형의 말에 나는 바람 빠진 풍선처럼 축 늘어져 버렸다. 물론, 〈피서〉도 좋은 기회지만 〈양치기 청년〉을 통해 송문교처럼 주연을 하고 싶은 마음이 더 컸음을 인정해야 했다.

"오빠, 주연 진짜 하고 싶었나 보다."

"티 많이 나요?"

"엄청요."

너무…… 기대했나.

하긴, 내가 프로필에 쓸 수 있는 경력이라고는 고작 한 줄이다.

-2017. SBC 월화 미니시리즈 〈청춘 열차〉 '김도훈' 역

이 한 줄의 경력 가지고, 주연을 노리다니, 생판 신인인 내가 독립영화라고 '주연' 자리를 우습게 봐도 너무 우습게 본 것이다.

"연락 오겠지. '청춘 열차' 방송 예고편이라도 봤다면, 네 진가를 알아보게 되어 있어. 요즘 핫하잖아, 너."

"에? 길에서 저 알아보는 사람 아무도 없어요."

재익이 형이 웃으며 창가를 바라보았다.

"넌 아직 젊잖아. 마음 느긋하게 먹고 즐겨. 얼마나 좋냐? 이 좋은 크리스마스에 쉬고."

창밖은 성탄절을 맞아, 평소보다 조금 들뜬 분위기였다.

"하긴. 복 받았죠, 전."

드라마 촬영장에 크리스마스고, 휴일이고, 명절이고 어디 있겠냐만 나는 짧은 '휴가'를 누리게 되었다.

내 신을 며칠 동안 몰아 찍은 덕분에, 성탄 전야인 오늘을 포함하여 27일까지 내 촬영 스케줄이 없다. 체력 분배하라는 문병철 감독님의 배려 덕분이다.

"도곡동으로 갈 거지?"

나는 고개를 저었다.

"사당으로 갈게요."

"응? 부모님 집에 가게?"

"네."

그러자 재익이 형이 의미심장한 미소를 지었다.

"그럼 백화점이라도 들를까?"

"왜요?"

"1, 2회 출연료 들어갔을 거다. 확인해 봐."

아……. 내 출연료.

생각지도 못한 선물을 한 번 더 받은 기분이다.

나는 기꺼이 웃으며 말했다.

"백화점으로 가시죠."

지난번, 능력이 생기고 술에 잔뜩 취해 집을 찾은 이후로 집에는 처음이다.

"집에 언제 올 거니?"

촬영이 없는 날 꼭 집에 들르라며 어머니가 계속 말씀하셨는데, 그동안 촬영을 핑계로 집에 가지 못하고 크리스마스이

브가 되어서야 집을 찾았다.

뭐, 딱히 크리스마스를 가족과 함께 보내는 전통은 없지만 집으로 들어서는 발걸음이 유난히 가볍고 이상하게 자꾸 입가에 웃음꽃이 핀다. 아무래도 양손 가득, 이렇게 선물을 사들고 집으로 온 적이 없었기 때문이 아닐까.

"저 왔어요."

거실 TV에서는 아이돌들의 노래자랑이 한창이었고, 난데없이 들이닥친 아들의 얼굴에, 쇼파에 앉아 TV를 보시던 어머니와 아버지의 동공이 흔들렸다.

"연예인!"

생각지도 못한 단어가 어머니의 입에서 튀어나왔다.

"연예인이다!"

"아, 제발 놀리지 마세요."

어머니가 달려와 나를 장난스럽게 껴안았고, 나는 어머니의 등을 토닥거리며 아버지와 눈을 맞췄다. 아버지 역시 흐뭇한 표정을 숨기지 못하셨다.

"요즘 바쁘지, 오늘은 촬영 없어?"

"네, 뭐 조금…… 일단, 이거…… 받으세요."

나는 손에 들려 있는 선물을 건넸다.

오늘 먹을 소고기, 겨울 내내 끓여 먹을 수 있는 곰탕 꼬리뼈, 어머니가 입으실 코트, 아버지의 구두.

"사이즈를 잘 몰라서 대충 샀어요."

너무 멋쩍어서 대충 둘러대 버렸다.

하지만 어머니의 상의 사이즈와 아버지의 신발 사이즈는 정확히 기억하고 있다. 언젠가, 제대로 된 선물을 사드리겠노라 다짐하며 머릿속에 넣어두었으니까.

그런 내 심정을 정확히 간파하신 어머니가 능청스럽게 웃으셨다.

"오는 길에 주운 것은 아니라 다행이네."

"……."

"뭘 그렇게 쑥스러워해? 아들이 부모 선물 챙기는데."

그러고는 코트를 꺼내 들더니, 어깨에 걸쳐보셨다.

"잘 어울려요?"

어머니는 정말로 행복해 보이셨다.

단순히 코트 때문은 아닐 것이다. 어렸을 적 카네이션 달아드리던 일 이후로 제대로 선물을 드려본 적이 있던가. 아들이 주는 최초의 선물이기 때문이다. 코트가 아니라, 목도리나 장갑을 드렸어도 이렇게 소녀같이 좋아하셨을 것이다.

어머니의 미소를 보니, 덩달아 행복해지는 기분이다.

아버지가 물으셨다.

"무슨 돈이 있다고?"

"아, 출연료 받았거든요."

재익이 형의 말처럼, 출연료가 들어왔다.

배우에게는 개런티를 측정하는 일종의 '등급'이 있다. 내 등급은 볼 것도 없는 최하 등급이지만, '조연'으로 계약하며 문병철 감독님이 제작사에 입김을 불어넣어 주셨고 회차 당 이백만 원의 고정적인 수입을 얻을 수 있었다.

계약 자체가 16회 계약이기 때문에, 총 삼천이백만 원을 벌게 되는 셈. 그게 적은 돈도 아니지만, 내가 이 업계에서 보고 들어왔던 액수에 비하면 큰돈도 아니다.

나는 다짐하듯 말했다.

"나중에 더 좋은 걸로 사드릴게요."

〈청춘 열차〉는 처음에는 내게 주어진 '기회'라서 온 힘을 다했다. 하지만 이 능력을 힘을 직접 확인한 지금의 마음가짐은 처음과는 조금 다르다.

"더 비싼 걸로."

내 몸값도, 커리어도 이제 시작에 불과하다.

어머니는 계모임에 들고 가겠다며, 내 사인 종이를 수십 장 받아내셨다.

"우후후, 이 정도면 내 어깨가 좀 펴지지 않겠니?"

만약 여기가 서울이 아니라 지방이었다면, 골목에 플래카드라도 만들어 거실 기세셨다.

도씨 집안 외동아들! 연예계 데뷔!

뭐, 이런 식으로.

다음날인 크리스마스가 마침 월요일이라, 〈청춘 열차〉 3회를 집에서 가족과 함께 시청하게 되었다.

내 얼굴이 TV에 나오는 것은 이제 좀 적응이 되는데, 옆에서 시시각각 배우들의 연기를 평가하는 어머니의 태도는 당최 적응이 되질 않는다.

어머니는 시시콜콜 출연진들에 대해 물으셨다.

"소윤이는 어때, 너랑 친하니?"

"그냥, 조금요?"

"싹싹해 보이네. 원래 저런 성격이지? 어른들한테 잘할 것 같은데?"

"……."

그런데 신기하게도 귀신같이 척척 맞추신다. 특히나 놀랐던 부분은 '김균오 쟤 보기보다 멍청하지?'라고 물으셨던 부분이다.

뭐야, 뭐야.

"청아라고 했나? 아들 여자 친구?"

"여자 친구 역할이죠."

"그게, 그거지. 예쁘게 생겼네. 언제 저 아가씨 집에 초대해서 식사나 같이할까?"

"흐흠! 여보."

"……"

"후후, 농담."

이렇게 시종일관 장난스럽던 어머니가 〈청춘 열차〉 3회가 끝나자 눈빛이 변하셨다.

송문교가 열변을 토하는 장면이었는데, 그 장면이 끝나자 한 마디를 툭, 던지셨다.

"문교는 생각보다 연기가 별로네?"

"……"

정확하다, 우리 어머니. 어쩌면, 이쪽으로 재능이 있으신 게 아닐까.

"우리 아들이 제일 잘하네."

그리고 마치 어린아이 다루듯 내 등을 두드리셨다.

그때, 휴대전화가 울렸다. 재익이 형에게 온 문자였다.

-재익이 형 : '양치기 청년' SAFA 박진우 감독이, 재희 너랑 1 대 1로 미팅하고 싶다더라.

-재익이 형 : 축하한다. 2018년 열심히 달려보자.

-재익이 형 : 문자 보면 바로 전화 줘.

"응, 무슨 연락이니? 왜 그렇게 웃어?"

내가 실없이 웃자, 어머니가 물었다.

아, 입꼬리가 말을 듣지 않는다.

나는 최대한 내색하지 않은 채 별일 아니라는 듯, 고개를 저으며 말했다.

"그냥요. 요즘 일이 잘 풀려서요."

성탄절 선물이 곱절로 들어왔다.

시청률이 연말에 제대로 '뒤집혔다'. 박찬익 팀장의 예언대로 KTN의 〈랜선 사랑〉은 시청률이 주춤거렸고, 입소문을 탄 〈청춘 열차〉는 황지애의 〈러브 어썸〉을 미세하게 앞질러가기 시작했다. 이변이 없는 한, 2017년 마지막에 웃은 월화드라마는 〈청춘 열차〉로 기억될 것이다.

물론, 방송 시기상 수상과는 거리가 멀었지만.

"2018년이 있잖아?"

재익이 형의 말에 내가 웃었다.

"SBC 입장에서 이런 효자 프로가 어딨어? 개런티는 최대한 줄이고 시청률은 고효율로 빼먹고 있는데. 연말에 상 하나 안 주면 진짜 양아치지."

회사에서 말하길 이 분위기로만 간다면 아마 올 연말을 기대해도 좋을 것이라고 한다.

"에이, 아직 드라마 끝나지도 않았는데……."

마음은 그렇지 않은데, 입은 반대로 말하고 있다.

2017년 KTN 연기대상에서 임주원은 남자 신인 연기상을 수상했다. KTN에서 주말드라마와 일일드라마로 2017년 한 해를 알차게 보냈으니 어찌 보면 당연한 결과다. 연말 파티 때, 수상 트로피를 들고 활짝 웃으며 은근히 나를 의식하듯 바라보던 임주원의 눈빛은.

'결국, 내가 이겼다'였다.

나는 코웃음 쳤지만.

마음껏 좋아하라지, 2018년부터는 다를 테니까.

"그래도 기대해 봐."

달리는 차창 너머로 신년(新年)의 추위가 눈에 보이듯 느껴진다.

"히터 좀 더 틀까?"

"아뇨, 지금 딱 좋아요."

신년의 찬바람이 기승을 부리는 2018년 1월, 〈청춘 열차〉도 어느새 중반을 향해 달려가고 나 역시 청운(靑雲)의 꿈을 안고 마포구로 달려갔다.

목적지는 〈피서〉의 비공개 오디션이 열리는 영화사 동방불패 사무실.

컨디션은 좋다. 자유연기 준비도 철저하게 마쳤고, 〈피서〉의
대본은 토씨 하나 빼먹지 않고 머릿속에 있다.

"다 왔다."

영화사 동방불패.

영화계에 오랫동안 있었지만 그다지 빛을 보지 못하던 와중
에, 한만희 감독과 작업을 시작하고 최근 몇 년 사이에 승승장
구하고 있는 곳이다.

낡은 건물 계단을 올라가니 건물 2층에 東方不敗라는 판넬
이 걸린 사무실이 있었다.

문을 열고 들어서자, 퀴퀴한 담배 냄새가 조금 배어 있다는
점을 제외하고는 전체적으로 깔끔한 내관이었다. 칙칙한 외관
에 비해 내부 리모델링에 신경 쓴 느낌.

재익이 형은 익숙하다는 듯, 환하게 미소 지었다.

"안녕하세요. L&K에서 왔습니다. 여기, 명함."

경리 정도로 보이는 여직원 한 명이 명함을 받아들고는 앞
장서서 걸어갔다.

낡은 벽지에는 리딩실, 회의실, 제작실, 기획실 등등 문패가
달려 있고, 회의실의 문을 열자 십여 명 정도가 모여 있었다.

"L&K에서 오셨습니다."

"아, 이쪽으로 앉아요."

재익이 형을 따라 고개를 꾸벅 숙이고 들어가니 박찬익 팀

장이 먼저와 앉아 있었다. 우리는 그 옆 비어 있는 의자에 앉았다.

"어서 와. 춥지?"

"언제 오셨어요?"

"좀 전에. 촬영은?"

"오디션 보고 밤 신 촬영하러 가야 해요."

"이야, 재희 바쁘네."

"근데, 지금 뭐하는 거에요?"

오디션장인데 매니저들을 모두 대동한 상태로 앉아 있는 것도 그렇고, 오디션장이 주는 특유의 긴장감도 느껴지지 않는다.

"오디션 전에, 얘기 좀 나누고 싶으신가 봐."

"아. 감독님은요?"

"아직 안 오셨어."

내 뒤로, 기획사에서 온 매니저들과 배우들이 차례차례 안으로 들어왔다.

"배우마당에서 오셨습니다."

"YK엔터에서 오셨습니다."

그중에는 대한민국 3대 기획사라고 손꼽는 회사도 있었고, 스크린에서는 자주 보았던 눈에 익은 배우들도 있었다.

인지도만 없었지, 이미 프로들이다.

"장난 아닌데요."

마치 드래곤볼의 천하제일 무술대회가 떠올랐다. 각각 회사에서 자신 있는 숨은 고수를 출전시킨 듯 비장함도 감돈다. 무엇보다 재미난 점은, 이미지가 획일화되어 있지 않고 저마다 개성이 넘친다는 것이다.

"배역을 직접 보고 고르겠다고 하셨으니까 이미지가 다 다른 거지. 경쟁자가 아니라 동료가 될 수도 있으니 잘 봐둬."

"그런 이유였군."

맞는 말이다.

인원이 꽤나 많아졌지만, 같은 배역을 두고 경쟁하는 경쟁자들은 아니다. 그래서 장내 분위기가 다른 오디션처럼 딱딱하지 않은 것이다.

오래지 않아, 한만희 감독이 들어왔다.

"어이구, 많이들 와주셨구나."

안에 앉아 있던 영화사 직원들과 매니저들이 단체로 일어나 한만희 감독에게 인사를 건넸다.

나 역시 얼떨떨한 얼굴로 일어나 인사했다.

한만희 감독.

포털사이트에 올라와 있는 사진보다는 조금 나이가 들어 보이는 느낌. 전체적으로 여유롭고 밝은 인상이었지만, 쓰고 있는 무테안경 뒤에 숨어 있는 눈은 무협지에 나오는 은둔 고수를 연상시켰다.

한만희 감독이 테이블 앞에 앉으며 말했다.

"이렇게 많이 와주실 줄 몰랐습니다……. 하하, 제 작품에 관심 가져주셔서 감사드립니다."

한만희 감독은 여직원이 건네준 파일철을 펼쳐들었다.

"현재 투자 상황이나 캐스팅이 어디까지 진행되어 있는지 많이들 궁금해하실 텐데…… 우선 간단하게 작품 얘기 먼저 시작할까요?"

한만희 감독이 작품을 설명하기 시작했다.

〈피셔〉는 보험 사기꾼 '피셔'와 그를 추격하는 특수 검사의 대결 구도를 그린 영화다. 시종일관 시원시원한 액션 덕분에 큰 고민 없이 볼 수 있는 확실한 '오락영화'라는 뚜렷한 강점이 있는 작품이다.

"제 차기작에 많은 분이 관심을 가져주셔서 투자는 모두 무사히 완료했습니다. 주연급 캐스팅도 모두 완료된 상태구요. 캐스팅에 대해 떠도는 소문이 많다고 들었는데…… 모두 사실입니다. '피셔' 역은 조승희 씨, 그리고 특수부 검사 역할에는 임강백 씨입니다."

둘 다 이미 연예계에서는 최고의 대우를 받는 톱스타들이다. 조승희는 연기 경력만 17년이 넘는 베테랑이고, 임강백은 한때 대한민국 4대 꽃미남 배우라고 불리며 인기몰이를 했던 스타다.

나는 물론이고, 임주원이나 송문교 정도로는 감히 비빌 수도 없는 정도의 위치.

"하지만 다행스럽게도, 조연의 T.O는 많이 남아 있습니다. 오늘, 저희와 함께해 주실 소중한 배우분이 많기를 기대해봅니다."

질문이 몇 차례 이어졌고, 장내는 전체적으로 호의적인 분위기가 계속되었다. 한만희 감독은 연신 여유로운 모습으로 분위기를 편안하게 했다.

"그럼, 질문은 이 정도만 받고 오디션은 바로 옆방에서 진행하겠습니다. 잠시 기다려주시겠습니까?"

한만희 감독과 투자자로 보이는 몇몇이 옆방으로 이동했다. 아니, 하려다가 돌연 한만희 감독이 멈춰 섰다.

"아, 한 가지 말씀 안 드린 것이 있는데……."

장내의 모두의 시선이 한만희 감독을 향했다.

"지금 옆방에 승희 씨가 와 계십니다. 오디션에 참관하고 싶다고 하셔서 불렀는데, 괜찮겠지요?"

장내 분위기가 순식간에 조용해졌다.

"누, 누구요?"

"조승희…… 씨?"

'피셔' 역할을 맡을 톱스타, 조승희. 그의 앞에서 오디션을 본다.

한만희 감독이 방에서 나가자, 조용하던 배우들이 저마다 기대감을 드러냈다.

"와! 대박. 진짜로 조승희 앞에서 연기하는 거야?"

"이거 잘 보이면, 빽 제대로 생기는 거잖아."

"이 정도면, 감독보다 더 잘 보여야 하는 거 아냐?"

사실 배우들의 이런 분위기는 어쩌면 당연할지도 모른다. 이 영화에서 매력적인 역할들은 모두 작중 '피셔'의 부하들이기 때문이다.

악당들이지만, 겉으로는 가볍고 코믹하게, 그러면서 또 한편으로는 인간의 욕망이 제대로 드러나게. 이런 다채로운 매력을 선보일 수 있는 배역이기에 욕심이 생기는 것이다.

거기다 또 감독만큼 입김이 강할 것이 분명한 조승희에게 잘 보이면, 어쩌면 '조승희 라인'이 될 수도 있지 않을까 하는 솔직한 욕망들, 그 어지러운 욕망들이 아지랑이가 되어 장내에 팽배하게 부풀어 올랐다.

"조승희에 임강백이면 최소 500만은 먹고 가겠다."

"나 이거 진짜 하고 싶어."

나 역시 이 분위기에 편승해 조용히 눈을 감았다.

박찬익 팀장이 내 어깨를 두드리며 말했다.

"긴장돼? 하긴, 조승희 씨면…… 연기자들한테 좀 전설적이지? 흥행 보증수표니까."

그런 것이 아니다.

"승희 씨, 인간적이고 좋은 사람이야. 그러니 너무 긴장하지 마."

나는 그저, 어떤 대사를 하면 좋을지 고민하고 있을 뿐이다.

내 머릿속에 들어 있는 수십 가지 작품들의 배역들, 과연 어떤 대사가 이 오디션에 효과적일까.

배우에겐 일종의 '색깔'이 존재한다.

"아, 그 배우? 너무 칙칙하지 않나?"

"그 배우는 우는 연기를 참 잘해."

이런 '색깔'은 배우의 '아이덴티티'가 되어 주기도 하지만, 가끔은 배우가 성장하는데 발목을 잡는 족쇄가 되기도 한다.

"맞아. 우는 연기'만' 잘하지."

"웃기는 연기는 못 할 텐데. 다른 애들 많잖아?"

나 역시 내 얼굴이 어떤 이미지를 가지고 있는지 잘 알고 있다. 어떤 작품에서, 어떤 역할을 골라야 내 이미지가 극대화되는지도 잘 안다.

이런 자신만이 가지고 있는 시그니처, 이걸 잘 이용한다면 꾸준히 작품이 들어오는 '생계형 배우'가 될 수는 있겠지만, 반대로 그 편견을 깨지 못한다면 크게 성장할 수는 없다.

송문교가 '로맨스' 이외의 장르에서 그 어떤 섭외도 들어오지 않는 것과 같은 이유다.

자신이 보여줄 수 있는 최대한 많은 캐릭터와 장르, 다양한 연기의 스펙트럼을 보여주는 것. 이게 '조연'일 때 쌓아야 할 내 커리어의 밑거름이다.

"팀장님. 대부분 이런 연기를 준비해 오지 않았을까요?"

"음?"

"사탕발린 말로 사기 치는 사기꾼, 으름장 놓는 조폭. 아니면 형사나 검사. 이따금 억울함을 호소하는 피해자 가족들이나 우는 여자들."

"아무래도…… 그렇겠지? 장르가 그런 쪽이니까."

뻔하지. 나 역시 그런 대사들 위주로 준비했으니까.

하지만 이런 생각도 들었다. 모든 배우가 화내고 우는 연기를 한다면, 지켜보는 심사위원들은 참 고달프겠다는 생각.

문이 열리고 예의 그 여직원이 안으로 들어왔다.

"음, 박 팀장님. L&K 들어갈게요."

내 차례다. 이제 선택의 시간이다.

자, 어떤 대사를 해야 할까. 머릿속에 들어 있는 이 수십 가지의 역할 중에서, 심사위원들에게 나를 확실히 각인시킬 수 있는 역할은 무엇일까.

'리딩실'이라 적힌 문이 열리고, 나는 그 안으로 빨려 들어가듯 들어섰다. 그리고 조승희와 눈이 마주쳤다. 조승희는 지루하다는 얼굴로 나를 바라보며, 이렇게 묻고 있었다.

'너는 누구야?'

하지만 별로 궁금한 표정은 아니다.

'얼마나 잘하나 한번 해봐.'

그 찰나의 순간, 저 지루한 얼굴을 깨부수고 싶다는 욕망을 느끼며, 나는 어떤 연기를 선보일지를 결정했다.

코미디, 숙명적으로 '신 스틸러'가 되어야 하는 조연에게는 역시, 코미디만 한 것이 없지.

분위기 자체는 그리 나쁘지 않았다. 차갑고 무거운 오디션장 특유의 냄새보다는, 훨씬 인간적인 분위기였다.

하지만 그렇다고 호의적인 분위기도 아니었다.

"으음, '청춘 열차'? 이거 지금 방송 중이던가?"

"네."

"방송은 못 봤는데, TV 광고는 본 것 같아요. 근데…… 했던 작품은 이거 하나뿐인가요?"

내 초라한 경력이 말해주고 있다.

'아, 얘 볼 것도 없겠구나.'

내 연기는, 이렇게 팽배하게 퍼진 불신 속에서 시작됐다.

"시작해 봐요."

하지만 이런 불신에 반전을 먹여주는 것이야말로 내 특기다.

조승희가 입술을 씰룩거리더니, 이내 얼굴 근육이 하회탈처럼 옆으로 일그러졌다.

"푸흐흐흐."

그러고는 입을 막고 고개를 테이블에 처박고는 한참을 씰룩 거렸다.

내가 준비한 대본, 삼십 대 파계승의 웃지 못할 첫사랑을 그린 영화 〈달마의 품격〉, 흥행에 실패했음은 물론 관객들에게 엄청난 비난을 받았던 영화지만, 배꼽 잡고 쓰러지는 대본임은 확실하다.

첫 대사를 내뱉으며 나를 향한 불신 가득한 시선들에 펀치를 꽂아 넣었다.

파앙!

누구보다 강력하게.

순식간에 공기의 흐름이 뒤바뀐다.

불신에서 궁금증으로 그리고 곧 호기심으로, 결국 마지막에는 기대감으로, 기대감이라는 흐름을 탄 내 대사는, 뱉으면 터지는 폭탄과도 같았다.

"으큭큭큭큭."

조승희가 웃음을 터뜨리자, 한만희 감독도 황당하다는 듯 조그맣게 웃더니 종국에는.

"푸흐흡. 뭐야, 저 친구? 멀쩡하게 생겨서는."

아예 대본으로 얼굴을 가리고 웃기 시작했다.

"이상입니다."

길지 않은 대사였기에, 금세 연기를 마무리하고 얌전히 섰다. 살며시 미소를 머금고 조용히 코멘트를 기다리는데.

"아고고, 배야. 저 표정 나중에 샤워하다가 생각날 것 같지 않아요?"

조승희가 갑자기 배가 아프다며 자리에서 일어났다. 그리고는 내 앞으로 걸어오며 이내 박수를 쳤다.

짝짝!

"어우. 인상 깊네, 이 친구. 이름이?"

"도재희입니다."

그리고는 한만희 감독 보라는 듯, 내 옆에 서며 물었다.

"어때요? '메기' 역할로 딱인 것 같은데?"

"음, 승희 씨랑 키도 딱 어울리네."

한만희 감독은 나와 조승희의 '투 샷'을 확인하며 머릿속에 '그림'을 그리기 시작했다. 그리고 고개를 갸웃거리며 안타깝다는 듯 말했다.

"아, 다 좋은데 '메기'로 쓰기에는 마스크가 너무 아깝단 말이야."

메기는 〈피서〉에서 제법 큰 분량을 차지하는 감초 역할로, 대놓고 웃기는 악당 캐릭터다. 내가 노린 캐릭터는 아니었지만, '메기'의 이름이 나오는 것을 봐서는 나름대로 오디션은 선방한 것 같다.

한만희 감독은 문득 생각난 듯, 직원에게 외쳤다.

"그, '피셔 일당'으로 합격한 배우들 좀 들어오라고 해줄래요?"

곧바로 오디션에 합격한 배우 두 명이 안으로 들어왔다.

그들은 나와 조승희 사이에 섰고, 한만희 감독은 우리 주위를 빙글빙글 돌며 살펴보기 시작했다.

바닥에 앉았다가 또 섰다가, 측면을 봤다가 손가락으로 사각형을 만들어 앵글에 담아보기도 하면서 전체적인 '피셔 일당'의 이미지를 고민하더니, 이내 고개를 저었다.

"아냐. 역시 메기로 쓰기엔 너무 잘생겼어."

"그럼 '망고' 어때요?"

조승희가 지나가는 말로 툭, 던졌다.

'망고.'

그러자 한만희 감독의 얼굴이 대번에 밝아졌다.

"오, 망고 좋네! 약간 어리숙한 이미지도 있고, 눈 부릅떠 볼래요?"

"……이렇게요?"

"으흐흐, 좋네."

"괜찮네요. 마스크도 좋고, 연기도 곧잘 하고."

"그럼, 망고 확정? 승희 씨도 좋죠?"

조승희가 고개를 끄덕이고는 내 쪽으로 고개를 돌리더니, 남자도 반할 만한 살인적인 미소를 날리며 손을 내밀어 악수를 청했다.

"잘 부탁해요?"

"아, 네."

나는 얼떨떨한 얼굴로 조승희의 손을 맞잡았다.

이렇게 간단할 수가. 그 자리에서 3분 즉석요리 골라내듯 배역을 뚝딱 골라내버린다. 최종 결정은 한만희 감독이 했지만, 조승희의 의견이 그대로 반영된 캐스팅이라고 봐도 무방할 정도.

대체 영향력이 얼마나 큰 거야?

조승희가 내게 물었다.

"코미디 일부러 준비했죠?"

"아, 네."

"센스 있네."

조승희가 피식 웃어 보였다.

나는 '톱스타'에 대한 어느 정도의 편견이 있었음을 인정해야 했다. 엄청 거만하게 굴 것이라는 내 예상과는 다르다.

뭐랄까.

"좀 졸렸는데, 덕분에 잠이 확 깼어요."

전혀 권위적으로 보이지 않는다.

"재밌네. 몇 살이에요?"

"스물여덟입니다."

"내가 형이네. 말 편하게 해도 되죠?"

"아, 네 선배님."

오히려 편한 형 같은 분위기였다.

"어우, 선배는 무슨, 엄청 부담스러우니까 그냥 형이라 불러."

단번에 말을 놓는 시원시원한 성격에 호탕하게 웃을 줄도 알고. 격식 차리는 것을 별로 좋아하지 않는 듯한 남자다운 성격.

"아, SBC 드라마? 그거 본 적 있는데. 너 거기 나오는구나?"

이런 사람이 바로, 스타다.

가만히 있어도 반짝반짝 고고하게 빛나는 별.

고슴도치처럼 바짝 가시를 드러내며 '나 스타야'라고 외치는 송문교 같은 놈 말고, 자연스럽게 범접하기 힘든 기운을 뿜어내는 사람, 스스로가 잘났다고 전혀 드러내지 않고 오히려 가만히 있어도 주위에서 모셔 주는 사람.

성공해 본 놈은, 뭐가 달라도 다르다.

그때, 박찬익 팀장이 나를 불렀다.

"재희야."

고개를 돌리자, 박찬익 팀장은 한만희 감독과 함께 테이블에 앉아 있었다. 나는 다가갔다.

"망고 역할이 뭔지는 알죠?"

한만희 감독의 질문에 나는 고개를 끄덕였다.

"네. 하고 싶었던 역할입니다."

'망고'는 피셔 일당의 막내 역할이다.

대본 속에서 비중 순위로 따지자면 한참 밑이지만, 내가 후보로 꼽았던 매력적인 조연 중 하나.

그 이유는, 반전 매력이 있기 때문이다.

어리숙한 얼굴로 고객들을 방심하게 만드는 미끼 역할을 하지만, 본색을 드러낼 때는 아주 사나운 놈으로 변신한다.

극의 하이라이트에서는 '피셔'와 함께 중국에서 달아나다 붙잡히며 고래고래 욕지거리를 내뱉으며 발버둥 치는데, 내가 그 장면을 연기하는 모습을 상상하며 재밌겠다는 생각을 했었다.

"그럼 다행인데…… 그나저나 스케줄 괜찮겠어요? '청춘 열차', 이거 지금 방송 중이라면서."

박찬익 팀장이 고개를 끄덕였다.

"물론입니다. 드라마는 2월 초면 끝납니다."

"아슬아슬하겠네."

"네. 근데 촬영은 1월 말에 끝날 수도 있어서, 무조건 맞출 수 있습니다."

박찬익 팀장의 확답에 한만희 감독은 여유로운 얼굴로 내 전신을 훑어보기 시작했다. 그러고는 엄지로 나를 가리키며 박찬익 팀장에게 물었다.

"처음 보는 친군데, 연기는 곧잘 하네?"

"제가 밀고 있는 친굽니다."

"오, 박 팀장이?"

"예."

그러자 한만희 감독이 내게 악수를 청했다.

"잘 부탁해요?"

"도재희라고 합니다."

"박 팀장이 밀고 있으면 L&K에서 제일 핫한 배우라는 뜻인데, 왜 난 처음 봤을까."

"이제 막 시작했습니다."

"아아. 배역 크지 않다고 섭섭하게 생각하지는 마요. 실력 되는 배우들한테는 공정하게 주고 싶은데, 투자자 쪽에서도 꽂아 넣을 배역이 몇 명 있나 봐. 요즘 배역 때문에 골치 아파 죽겠어."

"아닙니다."

비중이 중요한 것이 아니다. '망고' 역할은 신 스틸러의 면모를 모두 갖추었다.

대본에 쓰여 있는 이중적인 매력도 충분한 데다, 출연하는 장면은 모두 굵직굵직한 신들이다. 거기에 '피셔 일당'에서 조승희를 제외하고 유일한 얼굴마담이기도 해서 눈에 띄기에는 충분한 좋다.

"그럼, 일단 오늘은 이걸로 파하고. 리딩 날짜 정해지면 연락할게요."

한만희 감독에게 인사를 하며 자리에서 일어서자 조승희가 아직도 나를 물끄러미 바라보고 있었다.

그러고는.

"다음에 보자?"

또 한 번 살인적인 미소를 흘렸다.

속을 알 수 없는 능글맞은 얼굴에 화답하듯, 나는 어정쩡한 목소리로 말했다.

"네, 형님."

자랑해야겠다, 조승희에게 형이라고 부르다니.

"우리 재희는 오디션을 봤다 하면 붙는구나! 백발백중이네."

재익이 형의 칭찬에 기분이 좋아졌다.

"승희 씨는 어때?"

"멋있던데요?"

남자가 봐도 매력적인 사람이라 느낄 만한 모든 조건을 갖추었다. 그 사람을 누가 일곱 살짜리 아들이 있는 유부남으로 볼까.

"그치? 확실히 탑 급은 다르지?"

"예."

톱스타라고 부를 만한 배우는 없고, 중견 선생님들과 전성

기가 한풀 꺾인 배우들, 이제 막 뜨는 신인배우가 많은 L&K에서는, 확실히 느껴보기 힘든 경험이었다.

"원래 정상에 한 번 올라갔다 내려오면 사람이 좀 느긋해지나 봐. 못 올라가 본 어중이떠중이들이 거기 올라가겠다고 바락바락 힘주는 거고."

백 번 공감한다.

조승희가 내게 스스럼없이 다가오는 것을 보면서, 나도 언젠가 저렇게 될 수 있을까, 하는 생각을 했다.

그 무엇에도 쫓기지 않고, 그 어느 것에도 구애받지 않고, 배우로서 그렇게 여유로워질 수 있을까? 그 정도의 영향력을 가질 수 있을까.

모를 일이다. 일단은, 아무 생각 없이 달려가다 보면 알 수 있겠지.

"밤 촬영 들어가기 전에 저녁이나 먹고 가자. 뭐 먹고 싶은 거 있어?"

"아, 왜 이렇게 매콤한 게 땡기죠? 막국수 어때요?"

"좋지. 인계동의 저번에 그 집 괜찮았지?"

"네."

"거 봐. 촬영장 근처 식당은 형만 믿으라니까. 큭큭. 그럼 그리로 간다?"

재익이 형은 곧바로 운전을 시작했다.

아직 오후 4시밖에 되지 않았다.

오디션 때문에 낮 촬영 스케줄을 조정하긴 했지만, 〈청춘열차〉 밤 신이 남아 있는 상태다. 밤 촬영을 위해 나는 잠시 눈 좀 붙이려고 시트를 뒤로 눕히고 몸을 뉘었다.

하지만 재익이 형의 통화하는 목소리가 심상치 않아 슬그머니 눈을 떴다.

"그래서, 계속 기다려야 하는 겁니까?"

응?

FD 혹은 조연출과 통화하는 듯 보였다.

"아, 아니. 저기…… 기다리는 건 괜찮은데, 문교는요? 옆에 명길이도 있습니까? 뭐라고요? 아, 이런……. 일단, 알겠습니다."

그리고 거칠게 귀에 꽂혀 있는 이어폰을 빼버린다. 무언가 마음에 들지 않는 상황인 듯 보였다.

"무슨 일이에요?"

재익이 형이 내 질문에 혀를 차며 말했다.

"아무래도 오늘 저녁 못 먹을 것 같다. 바로 촬영장 들어가야겠는데?"

"왜요?"

"……아무래도 문교가 사고 제대로 칠 것 같다."

송문교가…… 사고를?

7장

진짜 주인공은
네가 아니야

순탄하게 흘러가는 내 영화 준비와는 다르게, 〈청춘 열차〉는 조금 삐걱거렸다.

물론, 내 얘기는 아니다.

시청률은 매회 조금씩 오르는 추세였지만, 이것이 오히려 '트러블 메이커' 문병철 감독의 '병'을 다시 도지게 했다.

대본에 대한 완성도, 높은 퀄리티와 시청률 1위에 대한 집착 때문에 대본 수정은 점점 빈번해졌고, 그럴수록 다음 회차의 대본은 점점 늦게 나왔다.

당연히 촬영시간도 당연히 길어졌는데, 그 때문에 촬영 회차가 다른 배우들보다 많은 송문교의 불만은 극에 달했다.

"최소한 대본 읽을 시간은 줘야 할 거 아니에요?"

"아니 문교 씨. 드라마 현장 몰라서 그럽니까? 아님 나 엿 먹이려는 겁니까? 다른 현장도 다 이래요!"

감독과 송문교의 마찰은 빈번해졌고, 시청률에 반비례하듯 촬영 현장은 점점 날카로워지더니 급기야 오늘, 결국 터져 버렸다.

현재 시각, 오후 6시.

내가 있던 영화사 동방불패 사무실에서 그리 멀지 않은, 홍대 M클럽 앞 골목 거리에 나와 재익이 형이 현장에 도착했을 때, 이미 현장은 폭풍전야와도 같았다.

조연출이 다가와 말했다.

"아, 죄송합니다. 문교 씨가 차에서 내리질 않으셔서요."

"명길이는요?"

"문교 씨 매니저님은 멘탈이 완전히 박살 나서…… 지금 차에 같이 있습니다."

지금 〈청춘 열차〉 촬영 현장은 '올 스톱' 상태다.

이유는 단 하나, 송문교의 파업이다.

"배우 대본 읽을 시간은 줘야 할 것 아닙니까!"

파업 이유는, 잦은 대본 수정에 대본 외울 시간이 없으니 시간을 요구한 것이다.

송문교 요구를 이해 못 할 것은 아니다. 실제로 대본이 바뀌긴 했으니까. 대사 몇 줄이 지워지고, 새로운 대사 두 줄이 추가되었으며, 있던 신 하나가 통째로 사라졌다.

오히려 배우가 외워야 할 부분은 줄어들어 송문교 입장에서는 편해졌지만, 본인이 읽을 시간을 달라고 한다면 주는 것이 맞다.

재익이 형도 그 점을 지적했다.

"시간 조금 주시지 그러셨어요. 문교도 대사 외우는 속도가 느린 편은 아닌데."

하지만.

"드렸죠."

"예?"

"드렸습니다. 대본 수정되었으니, 조금 있다가 촬영 들어가겠다고. 먼저 보시라고."

"얼마나요?"

"지금 한 시간 넘었습니다."

"……."

재익이 형이 입을 다물어버렸다.

이건 좀 심하잖아.

전체 흐름을 다 외워야 하는 연극 무대라면 모를까, 신 바이 신으로 진행되는 드라마 현장에서 고작 대사 몇 줄짜리 한 신 촬영을 위해 대본 외울 시간을 한 시간씩 달라고 한다면, 그냥 하기 싫다는 의미가 아닌가.

이쯤 되면 도와주려던 매니저도 할 말이 없다.

"균오 씨는 저녁에 다른 스케줄도 있는데, 지금 여기 묶여 있는 거거든요. 이제 더 이상 늦으면 차질이 생깁니다."

밖에서 떨고 있는 스텝들에게도, 기다리고 있는 다른 배우들에게도 피해다.

"거기다 클럽 대관 시간이 정해져 있어서, 이거 오늘 다 못 찍으면 스케줄 완전 꼬이거든요. 다음 주 방송 사고 날지도 몰라요."

제작진 엿 먹으라는 심보로밖에 보이질 않는다.

"죄송합니다. 제 선에서 해결해 보려고 했는데, 문교 씨 매니저님은 아무 말도 못 하시고, 제 말은 들으려고도 하지 않으셔서…… 제가 잘 달래가면서 하려고는 하는데…… 너무 힘듭니다. 솔직히."

어떻게든 한 신이라도 더 찍고 싶은 연출부와 그리고 싶으면 대본을 빨리 뽑아내라는 배우 간의 입장 차이.

이런 논쟁은 〈청춘 열차〉 촬영 내내 이어져 왔던 평범한 일이다. 하지만 송문교도 이런 식으로 대놓고 '엿' 먹으라고 행패를 부리는 것은 처음 있는 일이었다.

"제가 가볼게요."

재익이 형이 고개를 절레절레 저으며 송문교의 차량으로 이동했다.

드라마 현장은 언제 터질지 모르는 시한폭탄을 등에 메고 있는 것이나 다름없다.

'빨리. 빨리!'

'더 빨리 움직여!'

제각기 다른 수십 명의 사람들이 촉박한 제작 기간 내내 오직 '종방'이라는 한 목표를 가지고 달려가는데, 어찌 사건 사고가 안 날 수 있겠는가.

겉으로는 멀쩡히 잘 굴러가는 듯 보이지만, 그 속을 자세히 들여다보면 썩은 곰팡이로 가득하다. 이런 곰팡이 하나 때문에, 현장 전체 분위기가 흐려지기도 한다.

송문교는 차에 틀어박혀 한 발짝도 나오지 않고 같은 입장만 고수했다.

"다 외울 때까지 기다려."

"아, 그게…… FD들이 저한테 자꾸 뭐라고 해요. 대관 시간도 정해져 있다고 하고…… 형, 조금만 빨리……."

"독촉하지 마! 새끼야. 네가 연기하냐?"

명길 씨는 애가 타는 표정으로 반박도 하지 못하고 손톱만 물어뜯었다.

"그리고 새끼야. FD 관리 네가 똑바로 못하니까, 너한테 지랄하는 거 아냐? 네 일이나 똑바로 해, 새끼야!"

매주 '생방'에 부딪히며 촬영 스케줄을 소화하기도 바쁜 드라마 판에서, 이런 송문교의 행동은 일종의 사치이며 암묵적인 '룰' 위반 행위다. 대본도 진즉 다 외웠을 것이다.

하지만 이러는 것은, 주연의 영향력을 보여주기 위한 일종의 '시위'일 것이다. 자신의 존재감을 알리기 위해 가끔씩 보이콧을 선언하며 '그러니까 나 건들지 마'라고 소리 없이 외치는 거다. 관심 종자처럼.

보다 못한 재익이 형이 앞으로 나섰다.

"문교야. 무슨 일인데?"

송문교가 그런 재익이 형을 흘깃 보더니, 다시 고개를 대본에 처박고 삐딱하게 말했다.

"보면 몰라? 대본 보잖아."

"그래, 아는데. 벌써 한 시간 넘게 이러니까 그러는 거지."

송문교의 이마가 꿈틀거렸다.

"그래서?"

"드라마 처음도 아닌데 왜 그래? 보니까, 대사도 세 줄인가밖에 안 되던데, 그냥 적당히 넘어가자. 응?"

고작 세 줄이다. 그냥 스윽 훑어보고 촬영에 들어가도, 한두 번만 NG 내면 곧바로 오케이 사인이 떨어질 간단한 신.

하지만 송문교는 듣기도 싫다는 듯 바락바락 소리 질렀다.

"아 ×발! 형까지 왜 이래? 지금 누구 편드는 거야?"

"문교야……."

재익이 형이 눈만 껌뻑였다.

×발?

현장에 도착하자마자 송문교 편을 들어주려 했던 재익이 형에게 욕지거리까지. 같은 편끼리 이래도 되는 거야? 주연이면 형동생이고, 예의고 뭐고 다 갖다버리고 막 나가도 되는 거냐고.

주먹에 힘이 들어갔다.

"형은 왔으면 나 커버쳐 줘야지. 회사에서 하는 일이 그거 아냐? ×발! 그러라고 내 피 빨아먹는 거 아니냐고?"

"너, 그게…… 무슨."

내가 앞으로 나섰다.

"뭐, ×발? 형한테 그게 무슨 말버릇이냐? 재익이 형이 내 매니저지, 네 매니저야?"

이는 다분히 충동적인 행동이었다.

"뭐 새끼야?"

송문교가 대본을 바닥으로 집어 던지며 말했다.

"아직 대사 외우는 중이라고, 너 다 외웠다고 독촉하지 말고 기다리라고 새끼야. 내 말이 이해하기 어렵냐?"

뭐랄까. 조승희를 보고 난 뒤로, 그렇게 커 보이던 '주연' 송문교도 고작 애송이에 불과했음을 알았기 때문일까. 이렇게 뾰족한 가시를 세우고 날뛰는 짓도, 그저 중2병 걸린 꼬맹이처럼 귀엽게 느껴졌다.

나는 송문교의 귀에 대고 조용히 말했다.

"보는 사람 많잖아. 적당히 해. 이쯤 했으면 자존심 세울 만큼 세웠으니까. 이제 그만하고 차에서 내리라고."

"……."

"대충 찍자고. 대사 더 본다고 그 연기가 어디 달라지냐?"

뱉어 버렸다.

다분히 충동적이었지만, 앞뒤 재지도 않고 이렇게 공격적으로 나가는 것은 내가 선호하는 방법이 아니다.

이유는 바로 내 뒤에 존재했다.

"개새끼야!"

송문교가 내 멱살을 움켜쥐고 당장 달려든 것은 그리 놀라운 일도 아니다. 나 역시 각오했던 일이고.

하지만 문병철 감독과 총괄 PD가 현장에서 모든 상황을 지켜보고 있음을 알았기에 한 행동이었다.

"안 돼!"

재익이 형이 필사적으로 송문교를 저지하며 내 가슴팍을 움켜쥔 송문교의 팔을 붙들었다.

송문교는 잔뜩 흥분해서 내게 고래고래 소리 질렀다.

"야이 새끼야!"

그러자, 일각에서 쓴소리가 터져 나왔다.

"쯧, 현장 돌아가는 꼬라지 봐라."

문병철 감독이었다.

"야, 조연출. 촬영 접어!"

"네? 가, 감독님."

문병철 감독은 '보여주기'라도 하듯, 송문교의 외침을 업고 더 큰소리로 고래고래 소리 질렀다.

"문교 씨가 대본 못 외워서 못 찍겠다잖아. 지금 몇 시간을 기다리는 거야? 당장 접어!"

"아, 안 됩니다. 이제 생방이라 오늘 꼭 찍어야 합니……"

"아, 접으라면 접어! 재희 씨 얼굴에 상처라도 나면 네가 책임질 거야? 당장 접어!"

내가 들어 올린 숟가락, 거기에 감독의 보여주기식 멘트.

마치 잘 짜여진 각본에 완벽한 밥상이 차려졌다.

거기다 송문교에게 직격타로 꽂히는 잽 한방.

"문교 씨. 약속했잖아요."

제작 PD가 송문교를 만류했다.

"제발, 방송 끝나기 전까지…… 이제 얼마 안 남았잖아요. 네?"

송문교가 드라마를 하는 이유, 제작사와의 모종의 '문제.'

"……"

결국, 쥐었던 주먹에 힘을 먼저 푼 사람은 송문교였다.

배우가 수정 대본을 다시 외워야 한다는 핑계를 대는지라 별다른 쓴소리도 하지 못하던 문병철 감독이 승기를 잡은 것이다.

그래. 오랫동안 정성을 들여 담은 된장에 곰팡이가 조금 피었다고 독을 깨버릴 수는 없는 노릇이다. 곰팡이만 잘 도려내면 그만이다.

"아! ×발 어쩌라고? 진짜 대사를 못 외웠다고!"

하지만 송문교의 화는 여전히 풀리지 않았고, 자존심에는 잔뜩 상처를 입었으며, 대사를 외워야 한다는 핑계도 유효했기에 해결 방법은 하나뿐이었다.

재익이 형이 산전수전 다 겪은 베테랑의 포스로 조연출에게 말했다.

"차라리 식사를 먼저 하면 어떨까요?"

조연출이 반색하며 고개를 끄덕였다.

좋은 생각이다.

"저녁 식사 후에 촬영 들어가겠습니다!"

결국, 평소보다 조금 이른 저녁을 먹게 되었다.

어차피 기다릴 거, 저녁이나 먹고 오자는 의미였다. 저녁 식사시간으로 또 한 시간이나 주어졌으니 대본을 못 외웠다는 말 같지도 않은 변명을 계속할 수는 없을 터.

"×발."

송문교의 보이콧은 한 시간 만에 종결되었다.

"재희 씨, 저녁 같이 들지?"

저녁 식사를 제안하는 문병철 감독을 향해, 나는 흔쾌히 고개를 끄덕였다.

그날의 촬영은 오픈 준비를 해야 한다는 클럽 측에 사정사정하여 대관 시간을 한 시간 더 연장하고, 비싼 대관료를 추가로 지불하는 것으로 클럽 대관 문제는 마무리되었다.

배우와 제작진의 다툼 정도야 촬영장에서는 비일비재한 일이지만, 홍대 거리를 지나는 일반인들에게는 어디서도 보기 힘든 재미난 구경일 터.

[〈청춘 열차〉 홍대 촬영장. 대체 무슨 일이?]
[〈청춘 열차〉 불화설 재점화. 그 중심에 있는 주인공 송문교.]

SNS 사진들과 기사들이 인터넷상에 떠들썩하게 퍼졌다.

뭐, 그렇다고 당장 송문교가 어떻게 되거나 하지는 않았다. 이게 무슨 아침드라마도 아니고, 멀쩡한 미니시리즈 주연배우를 죽이거나 식물인간으로 만들 수는 없으니까.

하지만 성질 나쁜 문병철 감독의 '꼬장'이 시작되었다.

스케줄을 아침 첫 신에 하나 집어넣고, 오후에 한 신 집어넣어 버린다. 두 개 연달아 찍으면 일찍 퇴근할 수 있음에도, 일부러 집에 보내지 않는 것이다.

"X발, 개 같아서 못해 먹겠네!"

그리고 그것은 이제 시작일 뿐이었다.

나는, 내가 처음 '촬영장'을 방문했을 때를 기억한다.

당시에는 문교도 신인이었고, 문성이 형도 회사에 있었고, 나는 이 둘보다 더 심한 '초짜'였다.

'이미지 단역'이라는 이름으로 촬영장을 방문했지만, 하는 일은 대사 한 줄 없는 엑스트라나 다름없었다.

주조연급 연기자들 뒤에서, 아무도 보지 않지만, 큐 사인에 맞춰 저마다의 연기를 펼치는 보이지 않는 배우들, 그저 카메라 앞에서 연기하는 것만으로도 기회를 얻는 것에 감사하고, 매사에 웃으며 나이 어린 연출부에게도 90도로 고개를 숙일 줄 알던 선배들, 그 사람들은 지금 전부 어디서 뭘 하고 있을까?

이 치열한 삶 속에서 가장 강렬한 기억을 꼽으라면, 이것 하나를 꼽고 싶다. 바로 무명 배우들의 인사.

"다음에 또 현장에서 뵙겠습니다."

아무도 알아주지 않는 무명 배우들 사이에서 암묵적으로 약속되어 오던 인사. '다음'이라는 약속을 통해, 생계에 부딪혀도 꼭 '현장'에서 만나자는 다짐인 동시에 꿈, 기회.

"다음 현장에서 '또' 볼 수 있다는 게 얼마나 큰 축복인 줄 알아? 이건, 배부른 배우들은 몰라."

문교가 성공하고, 문성이 형이 회사를 떠나면서 철저히 혼자 남겨진 나, 나는 내게 '다음'은 없을 것이라 여겼다. 그 누구도 내게 '다음에 현장에서 다시 만나자'는 인사를 하지 않았으니까.

선배들에게 잊히고, 후배들에게 밀리면서 내가 할 수 있는 것이라고는 혼자 대본을 읽고, 언젠가 주연을 연기하는 내 모습을 상상하며 아무도 나에게 권유하지 않은 배역을 연습하는 것뿐이었다.

그러던 내게 '기적'이 일어났다.

이유는 알지 못하지만, 나는 내게 찾아온 이 '기적'으로 지금 저들이 누리지 못하는 것들을 누리고 있다. 그래서 나는 일말의 책임감을 느끼고 있다. 이 능력으로 인해, 누군가의 자리를 내가 빼앗았다는 죄책감과도 비슷하다.

하지만 그렇다고 내 성공을 누구에게도 양보할 수는 없는 것이기에, 나는 최소한의 예의는 갖춘다. 나의 과거와도 같은 단역들에게, 예전처럼 똑같이 인사를 한다.

아주 예의 바르게.

"다음에 또 현장에서 뵙겠습니다."

그러자, 30대 초반 정도로 보이는 '편의점 직원1'이 환하게 웃어보였다.

"네, 감사합니다!"

그저 따뜻한 말 한마디에 울고 있는, 이런 뜨지 못한 자들의 설움을 나는 안다. 그래서 오히려 격려하고 싶다.

나와 같은 '기적'이 찾아오기를, 더 간절해지길 바란다.

그에 반해, 송문교는 신인 시절에도 무명 배우들을 보며 단 한마디로 평했었다.

'구질구질하다, 진짜. 나는 빨리 뜨던가 해야지.'

이게 송문교와 내가 다른 결정적인 '차이'다. 이 미세한 가치관의 차이가 〈청춘 열차〉라는 3개월의 레이스에서 '차이'를 만들었다.

[〈청춘 열차〉 송문교, 잃어버린 주연의 품격.]

그 사건은, 아주 '사소한' 것에서 시작됐다.

개 버릇 남 못 준다고 했던가.

"형, 지금 몇 시죠?"

"1시 10분."

새벽 1시 10분, 그날의 촬영 하이라이트는, 새벽 1시 10분부터라고 할 수 있다.

"자자! 마지막 신 파이팅 있게 끝내고, 내일 촬영은 조금 널널하게 갑시다."

마지막 신 하나가 남은 상황이지만 대본 분량만 세 페이지가 넘는 장문의 대사 신이며, 송문교와 나, 단둘이서 붙는 격정적인 감정 신이었다.

지금 촬영 중인 9회의 꽃이라고도 할 수 있는 가장 중요한 장면.

"배우들은?"

문병철 감독님의 질문에 조연출이 나를 가리키며 말했다.

"재희 씨는 오셨고, 문교 씨는 의상 마무리 중입니다. 3분 안에 올 겁니다."

조연출의 말에 문병철 감독의 얼굴이 구겨졌다.

"다들 피곤한데, 빨리빨리 하자."

하지만 쉽지만은 않을 것이다. 지난 3박 4일간, 파주 세트장에서 퇴근도 못 하고 모텔에서 세 시간씩 쪽잠을 자며 촬영에 임했다. 그래서 지금 현장은 배우, 스텝 가릴 것 없이 피로도가 많이 쌓여 있는 상태다.

"야, 이 새끼야. 카메라만 두고 움직이지 말랬잖아!"

"죄송합니다."

작은 실수에도 사람들이 예민해지고, 거친 말이 튀어나온다. 사람들은 이럴 때, 꼭 실수를 하게 된다. '빨리 끝내야 한다'는 부담감이 가슴 한구석에 자리하고 있기 때문이다.

"피곤하지?"

"조금요."

"이거 끝내고, 바로 서울로 쏘자. 으으, 파주 지긋지긋하다."

나는 재익이 형이 건네준 다 식어버린 커피를 입에 대며, 최대한 여유를 가지려고 노력했다.

하지만 5분이 지나도록, 10분이 지나도록 송문교는 세트장 안으로 들어오지 않았다.

"야? 뭐해. 문교 씨 안 와?"

조연출이 애가 탄다는 듯, 무전기에 대고 소리쳤다. 하지만 무전기에서는 애꿎은 고함 소리와 함께, 애처로운 FD의 목소리가 들려왔다.

-아! 크, 큰일 났습니다.

"무슨 큰일?"

벌써 새벽 1시 30분, 송문교가 옷을 갈아입기만을 기다리며 마지막 신을 준비하는 40여 명의 스텝들보다 큰일이 대체 뭘까?

-싸움이 났습니다.

"싸움?"

"가지가지 한다."

감독님을 포함한 조연출이 욕지거리를 내뱉으며 세트장 밖으로 뛰쳐나갔다.

세트장 밖, 컨테이너 의상실에서는 송문교의 고함 소리가 터져 나왔고, 다른 남자의 욕설도 함께 들렸다.

"야, 이 싸가지 없는 새끼야! 너는 선배도 없냐?"

그 남자는 조금 전 송문교와 함께 연기했던 서글서글한 인상의 40대 남자 단역배우였다. 그가 송문교에게 소리 지르고 있었다.

"이 건방진 놈의 새끼야!"

이유는 아주 '사소'했다.

촬영을 무사히 마치자 40대 배우는 송문교에게.

"아이고! 수고하셨습니다."

평소처럼 악수를 건네며 인사를 했으나, 송문교는 딱 한 마디를 했을 뿐이다.

"아, 예."

그리고 벌레 보듯 악수를 청한 그 손을 무시하며 눈으로 말했다.

'네가 뭔데?'

송문교에게는 소모품처럼 스쳐 지나가는 수많은 '단역 나부랭이' 중 하나일 뿐이었으니까.

20대 배우들이야 원래 저런 놈인가보다 하고 넘어가겠지만, 연극계에서 잔뼈가 굵은 이 40대의 선배님은 그 비아냥거림을 참지 못한 것이다.

게다가 송문교는 몰랐을 것이다.

"문교 씨, 이게 무슨 짓입니까!"

문병철 감독이 실력은 있지만 뜨지 못한 연극배우들에게 줄곧 기회를 줘왔던 사람이라는 것을.

"어떻게 하루가 멀다 하고 사고를 쳐요!"

40대의 이 서글서글한 인상의 선배님이 대학로에서 오랫동안 무대를 지켜온 연극인이라는 사실을 알았다면, 송문교의 버릇없는 행동이 조금은 달라졌겠지.

"제작 PD 어딨어? 나와요! 배우 데려다 놨으면 책임을 져야지! 이런 기본적인 예의도 없는 배우? 나 처음 봤다고!"

그동안 참고 참았던 문병철 감독은, 더는 못 참겠다며 폭발해 버렸다.

나는 다시 한번 느낄 수 있었다.

괴물에게도 '급'이 있다. '인지도'에 사로잡혀 내가 괴물이 되는 것 같을 때는, 주위를 잘 살펴보아야 한다. 나보다 더 강력한 괴물이 아가리를 벌리고 나를 호시탐탐 집어삼킬 기회를 노리고 있지는 않은지, 아니면 이 구역에서 마음껏 횡포를 부려도 될 만큼 내가 '급'이 있는지, 주제 파악을 잘해야 한다.

그날의 마지막 신, 대본 분량 3.6페이지의 촬영을 죽 쑨 것이야 말해 무엇할까. 감독과 제작 PD에게 온갖 잔소리를 다 들으며 너덜너덜해진 송문교의 연기는 엉망이었고, 촬영은 새벽 4시가 넘어서야 끝이 났다.

그날 이후, 모든 것이 변했다. 아니, 어쩌면 송문교가 〈청춘 열차〉 첫 촬영 날 지각하던 그 순간부터 이런 결과가 예정되어 있었는지도 모르겠다.

송문교와 문병철 그리고 송문교와 나.

애초에 궁합이 맞을 수가 없는 관계들에서 시작했으니까.

'〈청춘 열차〉 송문교, 잃어버린 주연의 품격'이라는 기사 제목은 현재 송문교의 위치를 보여준다.

11회 이후로 대본이 대폭 수정되었고, 송문교의 분량은 눈에 띄게 줄었다. 반사적으로 김균오와 내 분량이 그만큼 늘어났는데, 주연배우의 비중이 줄어들었는데도 기이하게 시청률은 조금씩 상승했다.

-도재희, 박청아 케미가 주연 커플보다 낫다 ㄷㄷ.

-도청 커플 너무 훈훈하지 않나요? 둘이 고등학생 때부터 사귀었는데 빨리 결혼했으면……!

3회부터 소폭 상승하다 8.2% 근처에서 멈추다시피 한 시청률은 11회부터 껑충껑충 상승하기 시작했다. 황지애 주연의 〈러브 어썸〉의 시청률이 7%로 떨어지고, KTN 〈랜선 사랑〉이 종영하자, 시청률은 10%를 훌쩍 넘어섰다.

[달달한 케미 자랑하는 〈청춘 열차〉 도.청 커플]

[도재희 효과? 청.열 시청률 껑충! 10% 넘길까?]

[순간 최고 시청률 경신! 11.2% 주역은? 도×청 커플의 애절한 포옹신!]

KTN의 후속작은 일명 '폭망'했으며, MKC 〈러브 어썸〉은 황지애를 품고도 시청률 싸움에서 〈청춘 열차〉에 패배했다.

내 분량을 크게 늘렸던 문병철 감독의 '초강수'가 먹힌 셈이다. 월화드라마의 왕좌가 바뀌는 더할 나위 없는 '완벽한' 타이밍의 순간이었다.

승리투수는 물론.

[주연보다 빛나는 명품 조연 도재희.]

내가 되었다.

"이건 비밀인데."

"네?"

"아마, 다음 작품도 미니시리즈 할 것 같아요. CP가 그러네. 차기작 생각해두라고."

문병철 감독은 9회 말 투아웃 상황에서, 당당하게 역전 홈런을 때려내, 다음 작품을 기약할 수 있게 되었다.

"축하드립니다."

"아직 작품은 안 나왔지만, 재희 씨랑 꼭 하고 싶네요."

아, 문병철 감독 성격도 보통은 아닌데. 신중하게 고민해봐야겠다. 하지만 기분만큼은 떠나갈 듯이 좋다.

"물론, 물건도 안 보여주고 파는 그런 양아치는 아닙니다……. 하하, 매몰차게 거절만 하지 말아줘요."

문병철 감독이 내게 한 말은 단어만 다르지, 내가 위에서 강조했던 말과 똑같은 의미였기 때문이다.

'다음에 또 현장에서 뵙겠습니다.'

나는 쑥스러워 콧등을 긁적이며 말했다.

"언제든 불러만 주세요. 감독님."

제법 많은 것을 얻은 3개월의 레이스였다.

나를 종착역까지 데려다주지는 못했지만, 좋은 출발을 할 수 있는 환승역까지 함께한 열차, 그 〈청춘 열차〉의 마지막 촬영이 끝났다.

아직 방송은 1주일 더 남아서 결말에 대해서는 무조건 '입 조심'하라는 주의를 받았지만, 차기작을 준비할 수 있는 여유로운 시간이 내게 주어졌다.

"그나저나…… 평창이 뭐냐, 평창이."

재익이 형은 운전대를 잡으며 연신 투덜거렸지만, 얼굴은 웃고 있었다.

〈청춘 열차〉 합평회 일정이 잡혔다.

합평회란, 작품이 끝나고 배우 스텝이 어우러져서 떠나는 일종의 MT인 셈인데, 시청률이 높은 미니시리즈의 경우엔 발리나 세부 같은 해외로 떠나는 경우도 종종 있다고 했다.

"겨울에 끝나니까…… 따뜻한 섬나라 한번 가보나 싶었더니, 평창이라니. 제작사 너무 짜게 구는 거 아냐?"

월화드라마 시청률 역전의 신화, 〈청춘 열차〉의 MT는 평창이다. 추우니까 따뜻한 펜션에서 몸이나 녹이면서 술이나 먹고 스키나 타자는 말인데.

제작사 입장에서는 아주 큰 흑자를 봤음에도, 송문교와의 여러 가지 사건 등을 따져봤을 때 '통 크게 쏠' 기분은 아닌 듯 했다.

뭐, 나는 상관없지만.

"참석할 거지?"

"해야죠."

비중 있는 배우들 중에서 송문교만 불참을 선언했다.

다음 작품 스케줄을 핑계 삼았는데, L&K 사람들은 다 알고 있다. 송문교는 아직 다음 스케줄이 없다.

"그나저나, 나도 매니저 일 오래 했지만…… SAFA 건물 와 보는 것은 또 처음이네."

내 축제 차량이 신촌의 어느 높은 빌딩 앞에 정차했다.

SAFA, 서울영화아카데미(Seoul Academy of Film Arts).

젊은 영화인들의 꿈의 무대이며, 매해 영화제에서 꾸준한 성과를 거두는 젊은 천재들이 모여 있는 곳.

일전에 〈양치기 청년〉의 감독 박진우 연출은 내게 1 대 1 미팅을 제안했고, 그 때문에 나는 오늘 이곳에 방문했다. 재익이 형이 차창 너머로 건물을 물끄러미 올려다보더니, 어깨를 부르르 떨며 말했다.

"으으, 벌써 느껴지지 않나?"

"뭐가요?"

재익이 형이 씨익 웃어 보였다.

"2018년 엄청 바빠질 것 같다는 이 느낌적인 느낌."

재익이 형 역시, 직감하는 것이다. 이 건물에 들어갔다 나오
는 순간, 아마도 내가 이 작품의 주연배우가 되어 나오게 되지
않을까 하는 예상.

"글쎄요."

나는 주저 없이 답했다.

"더 바빠져야 하지 않겠어요?"

고작 영화 두어 개로 만족하긴 이르다.

··· 8장 ···

이제 시작인걸요

처음 〈양치기 청년〉 대본을 접했을 때, 재익이 형과 이런 대화를 나누었다.

"이거 쓴 감독, 엄청 카리스마 있을 것 같지 않냐? 사회를 직관적으로 꿰뚫는 그런 통찰력!"

냉소적이고 삐딱한 시선으로 사회를 바라보며, 날 선 언행으로 비판을 주저하지 않는 염세주의자의 느낌이랄까. 매니악한 삼류 양아치의 눈을 통해 본 세계는, 분명 그런 느낌이었다.

하지만 직접 만난 박진우 연출은 쇼펜하우어가 아니라 오히려 볼프강에 가까웠다.

"으앗! 영광입니다. 박진우라고 합니다."

전체적으로는 동글동글한 인상, 유순해 보이는 얼굴에 목소리까지 쾌활하다.

"아, 반갑습니다. 저는 도재희라고 합니다."

내 예상과는 전혀 다른 이미지였지만, 그래서 첫인상이 매우 좋았다.

"앉으세요."

SAFA의 어느 작은 사무실에서 나와 재익이 형, 그리고 박진우 연출과 같은 SAFA 19기 동기 몇 명이 자리했다.

"팬이에요."

수줍게 얼굴을 붉히며 팬임을 자처하는 여자 스텝도 있었다. 〈청춘 열차〉 작품 자체가 성공하긴 했지만, 요 근래 길거리를 혼자 돌아다닌 적이 없어 팬이라고 말하는 사람은 본 적이 없었다. 아직 인지도가 많이 부족하기 때문이라고 혼자 생각하고 있었는데, 이런 데서 만날 줄이야.

"청열 정말 재밌게 보고 있어요! 연기 너무 잘하세요!"

"아…… 감사합니다."

기분이 좋은걸.

박진우 연출도 기분 좋은지 연신 싱글벙글 웃었다.

"사실 기획사에 책 돌릴 때만 해도, 이런 유명 배우님을 섭외할 수 있으리라곤 생각 못 했거든요."

"유명 배우라뇨. 절대 아닙니다."

"지금 아주 뜨거운 드라마에서 큰 비중으로 출연 중이신데,

유명 배우시죠."

그러고는 뜬금없이 물었다.

"낚시 좋아하세요?"

"네?"

"낚시요. 바다낚시."

휙휙, 낚싯대를 들어 올리는 모션과 함께 박진우 연출이 물었다.

나는 고개를 저었다.

"아뇨. 어렸을 적 아버지 따라 몇 번 해본 것 말고는 없습니다."

"아쉽네요. 제 비유가 어떨지 모르겠지만, 간재미 잡으러 갔다가 참돔을 낚은 기분입니다."

"네······?"

"참돔이요. 바다의 미녀."

"······."

고오맙다. 왜 하필 생선이야.

"하하. 미녀라니······."

내가 어색하게 웃자, 박진우 연출이 눈빛을 조금 바꾸며 말했다.

"보내주신 샘플 영상은 모두 확인했습니다. 영상과 프로필 사진을 보자마자, 이런 생각이 들더군요. 아, 내가 찾던 배우다!"

"그런가요?"

"네. 장난스러운 얼굴에 숨어 있는 카리스마 있는 눈빛까지. 마스크며, 연기력이며 모두 '허영탁' 그 자체입니다. 정말 함께 하고 싶습니다."

그러고는 약간 주저하며 말했다.

"그런데…… 아시다시피 저희가 장편을 찍긴 하지만, 제작비가 정해져 있습니다. 도 배우님이 개런티를 아무리 낮게 잡아도…… 저희가 맞출 수 있을지 모르겠습니다."

내 개런티야 원래는 보잘것없는 신인배우 기준이지만, 전작 개런티가 기준이 되는 업계에서 첫 작품을 제법 높은 개런티로 찍었으니, 이는 다음 작품 역시 마찬가지다.

하지만 나는 애초에 돈을 바라고 이곳을 찾은 것이 아니다. 돈을 좇으려 했다면, 상업영화를 찾았을 테니까. 내가 본 것은 '가능성'과 '미래.' 그렇기에 그 점은 염려 말라고 얘기하려고 했다.

하지만 박진우 연출이 먼저 입을 열었다.

"대신."

목소리에는 힘이 가득했다.

"도 배우님 커리어에 〈양치기 청년〉이 날개를 달아줄 것이라 확신합니다."

이것 봐라?

"국내외 영화제에 출품할 것은 물론, 반드시 수상도 해서 절대! 도 배우님 커리어에 악영향이 되는 작품이 되지 않을 것도 확신합니다."

자신감도 상당하다.

거기다 빙글빙글 돌리지 않고 직설적으로 말하는 화법까지. 약간 유하게 생긴 소년 같은 인상인데, 입담만큼은 확실한 캐릭터.

"으음."

패가 내게로 넘어왔다.

박진우 연출은 감독들이 좋아하는 '정치' 대신 직설적으로 내게 진심을 전했고, 지금 내 대답을 기다리고 있다. 사실 이곳에 발을 들였을 때부터, 이미 답은 정해져 있었다.

"음, 슈트를 뽑아야겠네요."

"네?"

"영화제 가려면요."

내가 장난스럽게 미소 짓자, 그 의미를 알아차린 박진우 연출이 환하게 웃어 보였다.

"하! 감사합니다."

"저야말로 감사합니다. 이렇게 좋은 작품을 할 수 있게 해주셔서."

〈양치기 청년〉은 작품 자체가 가진 '힘'이 충분한 영화다. 주인공 '허영탁' 캐릭터가 가진 매력은 두말할 것도 없고, 메시지도 확실하다.

감독이 이상한 사람이면 어쩌나 싶었던 조금의 우려도, 단번에 날아가 버린 만큼, 확신한다.

좋다.

"그나저나, 감독님 나이가 어떻게 되십니까?"

"서른셋입니다."

"……."

내 또래로 보였는데, 재익이 형보다 많잖아?

"제가 좀 동안입니다."

박진우 연출이 웃어 보였다.

동글동글한 얼굴이 쭉 늘어지는 것이 어째 정감이 가는 얼굴이다.

"식사는 하셨나요?"

박진우 연출은 원래 영화 전공은 아니라고 했다.

인문학을 전공한 유명 신문사 문화부 기자 출신으로 극장가와 충무로를 드나들며 인맥과 경험을 쌓던 어느 날, 돌연 영화를 해야겠다는 마음을 먹고 포트폴리오를 준비해 SAFA에 수석으로 들어왔다.

그리고 이제는 입봉을 바라보는 신예 감독.

SAFA에 들어오기 전에 찍어보았던 영화라고는 대학생 시절에 취미삼아 찍었던 단편영화 한 편이 전부인데, 그 영화로 지방 영화제에서 수상한 경력이 있다고 했다.

"사실 그렇게 대단한 영화제는 아니었어요. 평화영화제라고, 평화와 화합, 평등을 주제로 하는 지방 영화제였죠. 지금 생각해 보면 그것도 대단하긴 했는데, 그때는 실망했죠. '고작?' 이러면서. 전주나 부산, 부천 같은 더 큰 곳에서 상영할 수 있을 줄 알았거든요. 뭐, 약간 허세 같은 게 있었달까."

박진우 연출은 소주잔을 비우며 말했다.

식사하셨냐는 가벼운 질문으로 시작된 식사 자리.

남자들의 첫 만남에서 역시 소주가 빠질 수는 없다.

"그래도 수상이라니, 대단하신데요? 어떤 영화였나요?"

"'메일'이라고, 5분짜리 단편영환데, 5분 내내 주인공의 얼굴 하나 안 나와요. 여자주인공의 매끈한 다리와 립스틱을 바르는 입술, 속눈썹을 붙이는 눈 같은 인서트 장면만 부각하죠. 그때, 메일이 한 통 도착해요. 거기에는 온갖 상스러운 욕이 적혀 있죠. 성매매를 암시하는, 뭐 그런. 그때 문 두드리는 소리와 남자들의 고함 소리와 욕지기 소리가 들려오는데, 주인공이 겁을 잔뜩 집어먹어요. 그리고 자리에서 일어나 외치죠. 누구야!"

"근데요?"

"근데 목소리가 남자예요. 전역모가 침대 모퉁이에 버려져 있고. 알고 보니 트랜스젠더…… 뭐 이런 거죠. '메일'이라는 단어가 영어로 mail도 있지만, male이라는 '남성' 의미도 있잖아요. 러닝 타임 5분 내내 관객을 속이는 겁니다. 컷 몇 장면으로. 조금 난해하죠?"

웅. 확실히.

"그때는 나름대로 어떠한 메시지를 전달하려고 찍긴 했는데, 지금은 왜 그랬는지는 모르겠어요. 500만 원이나 썼는데, 대체 왜 그랬지?"

전주영화제나, 부천판타스틱, 부국제 같은 큰 영화제에 가지 못해 실망했던 박진우 연출은 메가폰을 놓고 펜을 들었지만, 오래 지나지 않아 결국 다시 영화계로 돌아왔다.

만약 인생을 이끄는 보이지 않는 '끈'이 있다면, 영화라는 이름의 끈이 그의 인생을 계속해서 영화판으로 끌어당긴 것 같은 느낌, 타고난 영화인이다.

〈메일〉이라는 단편영화를 어떤 생각으로 찍었는지는 중요하지 않다. 그가 영화에 대한 아무런 지식이 없는 상태에서 찍었고, 영화제에서 수상할 만큼 '감각'이 있다는 것이 중요하다.

"이번에는…… 많이 다를 겁니다. 기자 생활하면서 많이 보고 배웠어요. 또 아카데미에서 많이 배웠죠. 아, 그때는 너무 난해하게 작업하려 했구나…… 하는 반성도 했고요. 이제는 10배 넘게 돈을 들이는데, 잘 찍어야죠. 하하."

온전히 믿어도 될 만큼, 실력 있는 사람이다.

내가 말했다.

"대본을 보면 압니다. 얼마나 고심해서 스토리를 짜내셨는지, 또 얼마나 정성 들여 찍으실 지도요. 지금도 어서 촬영에 들어가고 싶은 생각뿐입니다."

"……아."

내 말에 박진우 연출이 쑥스러운지 고개를 숙였다. 그리고 한참을 생각하더니 소주 한 잔을 넘기고 말했다.

"이거 되게, 크흠. 쑥스럽네요. 사실 준비 당시에 주변에서 너무 매니악한 대본이 아니냐는 평가도 많이 받았습니다. 뭐, 독립영화로 구현할 수 있는 한계가 다 그렇긴 한데…… 저예산이라도 요즘 트렌드를 반영한 작품들이 대세긴 하거든요. SNS나 미디어 같은."

"그런 편견을 깨뜨릴 만큼 잘 쓰셨습니다."

"제가…… 도 배우님께 확신을 드려야 하는데, 오히려 제가 기운을 얻는군요."

그는 인간적으로도 좋은 사람이었다.

감독과 배우의 '수직'적인 관계. 요즘에야 덜하지만 불과 십 년 전만 해도.

'너를 대체할 배우는 차고 넘친다.'

라는 오래된 감독들의 꼰대 마인드가 팽배했다고 한다.

사실 문병철 감독도 이런 기질이 다분한 사람이다. 하지만 박진우 연출은 '수평'적이고, 균형 잡힌 사람이었다.

"맞아요! 그 신은 오히려 풀샷으로 너프하게 찍어볼까 합니다. 바스트로 찍어버리면 너무 강렬하죠. 조금 멀리서 점처럼 보이게 찍고 싶은데, 도 배우님 의견은 어떠세요?"

배우에게 프레임에 대한 의견을 물어볼 수 있는 감독, 줏대 없다는 이미지보다는, 나를 '인정'하는 느낌이 강하게 들었다.

거기다.

"혹시 추천해 주실 만한 배우님 안 계십니까?"

캐스팅에 대해서도 먼저 의견을 묻는 '열린' 감독이다.

내가 되물었다.

"아직 섭외가 안 끝났습니까?"

내 질문에 박진우 연출이 턱 끝을 매만졌다.

"음, 단역은 오디션을 준비 중인데, 조연급들은 연기력이 좀 되는 배우들 몇몇을 주위에서 추천받아서 현재 미팅 중에 있습니다. SAFA에 리스트가 있거든요. 독립영화계에서 믿고 쓰는 배우 리스트랄까."

"아."

"하지만 생각보다 작업이 신통치 못합니다. 너무 비주얼이 강점인 배우들이 많은 터라…… 제가 원하는 것은 다채로운 그림을 뽑아낼 수 있는 독특한 개성파 배우인데 말입니다. 혹시 아시는 분 없으십니까?"

"……."

가장 먼저 떠오른 사람이 문성이 형이다. 하지만 고개를 가로저었다.

"한 명 있긴 합니다만, 확답은 못 드리겠습니다. 조금 시간을 주시겠습니까?"

박진우 연출이 기대에 찬 얼굴로 빠르게 고개를 끄덕였다.

"얼마든지요. 배역 이름만 말씀해 주시면 비워놓겠습니다."

여러모로 좋은 사람이다. 이 사람이 앞으로 얼마나 성장할지 모르지만. 내가 옆에서 그 성장에 보탬이 되고 싶다는 생각이 들었다.

물론, 내 등에 달아줄 날개를 이용해 나 역시 함께 날아올라야지.

강원도 평창의 A 스노우 밸리.

스키를 한 번도 타본 적 없던 나는 눈썰매를 타고 싶었지만,

금방 배울 수 있다는 소윤의 권유에 스키 장비를 꺼내들었다.

그런데 웬걸, 이거 재밌다.

"오빠 운동신경 좋으신데요? 처음 타봤다면서."

눈을 가늘게 뜨고 달리는 경주마라도 된 것처럼, 나를 앞질러가기 시작했다.

"냐하하하!"

야야, 천천히 가자고.

평일 오전이라 사람이 없을 것이라 여겼던 것과는 다르게 사람이 많았다. 2월 초, 아직 방학이어서 인지 입학을 앞둔 20대 초반의 젊은 남녀들 대부분이 스키장을 찾은 것 같았다.

그 틈에서 소윤은 마스크로 얼굴을 완벽하게 가린 채, 신나게 뛰어놀고 있었다.

"꺄하하하!"

스키장이라 확실히 신분을 숨기기에 용이해 보인다.

미친 듯이 슬로프를 질주하는 저 작은 체구의 여자가 아이돌 그룹 에프터 픽시의 소윤인 것이 알려진다면, 아마 이곳 전체가 난리 나겠지?

슈우욱!

박청아는 수준급의 스키 실력을 자랑하며 슬로프를 누볐고, 김균오는 오랜 모델 생활로 스키를 타본 경험이 없다며, 소신껏 눈썰매에 몸을 실었다.

그러고는 철푸덕!

새하얀 눈밭에 쓰러지더니 내게 달려오며 소리 질렀다.

"카카카칵! 재희 형, 이거 되게 잼써요!"

침까지 튀겨가며 엄청 즐거워했다.

어이, 고글에 침 튀긴다고.

오전 내내 눈밭에서 뒹굴고 들어선 리조트에는 뜨거운 그릴에 숯불의 향연이 펼쳐져 있었다. 고기 굽는 냄새가 코를 자극했고, 소시지, 버섯, 캔 햄 따위와 소주, 맥주병들이 테이블을 차지했다.

"식사하겠습니다!"

조연출의 외침을 시작으로, 장비를 정리하고 감독님 테이블에 함께 앉았다.

다들 얼굴이 새빨갛다. 젊은 배우들이야 스키를 탄다고 그런 것이지만 문병철 감독님과 촬영 감독님, 오미란 선배는 리조트에 짐을 풀자마자 술을 한껏 드셔서 그렇다.

문병철 감독을 알게 된 것은 고작 석 달 남짓이었지만, 그 어느 때보다 표정이 밝아 보였다.

"우리 배우들, 너무너무 고생 많았어요. 그동안 잘 버텨줘서 너무 감사해."

고생 많았지.

수정 대본 새로 외우랴, 촬영 늦어지는 건 다반사고, 하마터면 방송사고 날 뻔한 구간도 한두 번이 아니다. 내 비중이 올라가면서 촬영 속도가 좀 빨라졌지만, 그 전까지는 지옥의 끝자락이나 다름없었다.

하지만 나는 그런 기색을 드러내지 않고 말했다.

"그래도 감독님이 제일 고생 많으셨죠. 대본 조율하시고, B팀 촬영까지 도맡다시피 하셨으니까요."

드라마 촬영팀은 A팀과 B팀, 보통 두 개의 팀으로 운영되는데, 두 팀이 동시에 촬영을 나가지 않는 이상 문병철 감독님은 모든 촬영을 직접 맡아서 진행했다. 성격은 조금 지랄 맞지만, 작품에 대한 엄청난 열의와 강철 같은 체력은 인정하지 않을 수가 없다.

문병철 감독이 흡족하게 웃으며 말했다.

"고마워요. 재희 씨."

"그나저나, 문교 씨가 못 와서 아쉬운데, 그래도 주연이었는데 말이야. 작품이 바쁘다고 했나?"

촬영 감독님의 말에 옆 테이블에 앉아 있던 박찬익 팀장이 황급히 일어나며 말했다.

"하하. 문교가 워낙 다음 작품 준비로 바빠서요. 불참해서 죄송하다고 꼭 전해달라고 했습니다."

"그럼 별수 없지. 작품이 먼저지."

피식.

그때, 오미란 선배가 곁에서 조소를 머금었다.

"아이고, 그러세요?"

그러고는 입술을 삐죽 내밀며 죄다 까발리기 시작했다.

"문교 씨 아직 작품 안 들어간 거, 내 다 아는데 무슨. 박 팀장. 내 앞에서도 그렇게 말할 거야?"

아이고, 큰일 났다.

오미란 선배.

L&K 소속이지만 송문교와의 접점이 전무한 그녀. 그래서인지 팀킬을 시전하시는 데 일말의 주저도 없었다. 오미란 선배님은 송문교를 떠올리면 열이 뻗치시는지 시뻘건 얼굴로 연신 투덜거리셨다.

"합평회는 그래도 마지막에는 웃으면서 끝내자고 모이는 자린데 불참을 해? 아주 끝까지 예의 없네. 회사 이미지 구기는 것도 유분수지. 지가 주연으로 한 게 뭐가 있어? 안 그래요, 감독님?"

"예? 아아, 예. 이 자리가 불편했나 봅니다. 허허."

"홍홍. 오히려 재희 군을 봐요. 영화 두 개나 들어가면서 합평회 참석한 거. 얼마나 기특해요? 그러니 문교 같은 애 신경쓰지 말고 우리끼리 재밌게 먹자고요."

그러고는 소주를 종이컵 가득 따라 벌컥벌컥 넘기신다.

시원시원하긴 한데, 적당히 드세요. 얼굴 터질 것 같아요.

"크흠."

촬영 감독님이 헛기침을 하셨고, 박찬익 팀장의 얼굴이 새빨갛게 변했다.

"죄, 죄송합니다."

아이고, 분위기 싸해지는 것 봐.

그때 문병철 감독이 놀랐다는 듯 내게 물었다.

"재희 씨. 영화 들어가요?"

"아, 네."

"영화 좋지. 근데 이제 막 얼굴 조금씩 알리기 시작했는데, 영화보다는 드라마가 낫지 않나? 영화는 개봉까지 시간 꽤 걸릴 텐데."

현실적인 조언이다. 촬영과 방영사이의 간격이 짧아 시청자의 반응을 바로 체크할 수 있는 연재소설 같은 드라마와는 달리, 영화는 출간된 양장본 소설과도 같다. 뚜껑을 열어보기 전까지는 얼마나 팔릴지 아무도 알 수 없다. 거기다 조금 끌어올린 내 인지도도, 영화촬영을 진행하는 공백 기간 동안 금세 미미해질지도 모른다.

"음, 그것도 그렇네요."

내 대답과 동시에 문병철 감독이 말했다.

"그럼! 그러지 말고 전에 내가 제안했던 대로 차기작이나 같이 준비하자고. '주연'으로."

"……."

결국, 같이 드라마나 하자는 속셈이었던가. 넘어갈 뻔했다.

감독님. 조금만 시간을 주세요.

문병철 감독의 말에 곁에 있던 소윤이 펄쩍 뛰었다.

"헐! 주연이요? 감독님. 언제 그런 얘기 나누신 거예요? 저는 쏙! 빼놓고."

"맞아요, 저도! 저 스케줄 아무것도 없습니다. 감독님!"

"흐흐흐."

싸늘해졌던 분위기가 금세 화기애애해졌다.

박청아가 내게 슬며시 물었다.

"저기 오빠. 영화 어떤 거 들어가세요?"

확실히 원래부터 '배우' 출신이라 그런지 관심이 남다르다. 나는 대수롭지 않게 말했다.

"'피서'랑 '양치기 청년'이라는 독립영……."

"'피서'요?"

박청아가 화들짝 놀라며 되물었다.

"에? 예."

내가 고개를 끄덕이자 '대박'이라고 중얼거렸다.

"그거 한만희 감독님 차기작이잖아요."

"아, 네. 맞아요."

"조승희 선배님 주연으로 나오는 작품. 기사 떴던데. 그거 오디션 했어요?"

"아…… 네. 아마도?"

비공개 오디션이었으니, 공개 오디션이 또 있는지는 잘 모르겠다.

아마, 끝났겠지?

내 대답에 박청아가 시들시들한 표정을 지으며 고개를 숙였다.

"아아, 그거 저도 하고 싶었는데."

'한만희'라는 이름이 가지는 힘이라도 있는지, 주변 스텝들이 모두 호기심을 보였다.

"한만희? '한산도'의 그 한만희?"

"누구, 그 천만 감독?"

드라마팀들이 영화팀에 대한 일종의 '로망'이 있다는 이야기를 조연출에게 들은 적이 있다. 비교적 안정적인 수입을 보장하는 드라마에 비해 영화는 그렇지 못하고, 어쩔 수 없이 영화에서 드라마로 넘어오는 사람도 적지 않다고 했다.

"재희 씨. 한만희 감독 영화 들어가요?"

"아마 그럴 것 같아요. 조연으로……."

"이야! 성공했네. 재희 씨, 이러다 금방 뜨는 거 아니에요? 몸값 치솟기 전에 확실히 붙잡아야 하는 거 아닙니까. 감독님?"

제작 PD의 농담에 문병철 감독님이 결심이라도 선 듯, 제안했다.

"작품 같이합시다!"

"……."

나는 이 난감한 상황을 타개할 방법이 떠오르지 않아 멋쩍게 웃으며 재익이 형을 바라보았다. 하지만 재익이 형은 영미씨와 양손 가득 등갈비를 들고 물어뜯고 있었다. 내 쪽은 쳐다보지도 않고.

이봐, 매니저면 좀 도와주지.

문병철 감독이 진지한 얼굴로 말했다.

"재희 씨, 대답해요!"

"……."

아아, 조금 진정하세요. 아직 정해진 작품도 없으면서.

신사동의 어느 예쁜 카페에서 진행된 내 단독 인터뷰.

처음 해보는 단독 인터뷰였지만, 다행히 기사도 잘 뽑힌 것같았다. 〈청춘 열차〉 마지막 회가 끝남과 동시에 그 인터뷰기사가 포털사이트 상단에 걸렸다.

[도재희 "청춘 열차 김도훈 역할은 내겐 너무도 행복한 선물이었습

니다."]

마지막 회는 자체 최고시청률을 경신하며 또 한 번 역사를 썼다.

시청률 11.6%, 순간 최고시청률은 13%를 넘겼다.

'대작'이라고 칭하기엔 부족하지만, 동 시간대 시청률 싸움에서는 적수를 찾아보기 힘든 견고한 1위였고, 끝끝내 승자가 되었다.

마지막 회가 끝난 직후 나와 재익이 형, 그리고 영미 씨 셋이서 조촐하게 야식이라도 시켜 먹으려던 찰나, 문성이 형에게 문자가 왔다.

-문성이 형 : 드라마 종방 축하한다. 바쁘지, 언제 시간 괜찮냐?

"누구? 문성이, 이문성?"

"네, 기억하세요?"

"당연히 기억하지. 근데, 지금 가려고?"

"네."

"음, 가자. 문성이 얼굴도 오랜만에 볼 겸 내가 태워줄게. 영미 씨도 갈래?"

"에이, 제가 가서 뭐해요."

"아냐, 가자. 어차피 영미 씨 집 잠실이잖아? 문성이네 곱창집 천호동이라 안 했어?"

"저도…… 가도 돼요?"

뭐, 상관없겠지.

"다 같이 가요."

내가 고개를 끄덕였다.

우리는 문성이 형이 운영하는 천호동의 곱창집을 찾았다. 화요일 자정이 가까운 시간이라 그런지 손님은 별로 없는 한산한 분위기였다. 카운터에서 정산을 하던 문성이 형은 내 얼굴을 보고는 장난스럽게 말했다.

"연예인이 이렇게 대놓고 다녀도 돼?"

"에이, 무슨 소리야. 아무도 못 알아보는데 뭘."

"어라, 재익이 형님?"

"이야! 오랜만이네, 잘 지냈어?"

재익이 형과 문성이 형의 관계는, 내가 뜨기 전과 비슷하다. 누구보다 연기에 대한 재능이 있었지만 스타의 자질이 부족했던 문성이 형이 회사를 떠난 것에 대해, 일말의 미안함을 느끼고 있는, 그래서 지금 당장 조금 불편하지만, 선 하나만 넘으면 더없이 가까워질 수 있는 그런 관계.

"일단 앉으세요. 내가 기막힌 요리로 대접할 테니까."

"왜? 나가자."

"응?"

"다음에 만나면 내가 크게 쏜다고 했잖아. 나가자."

하지만 문성이 형이 손사래를 쳤다.

"야야, 나 그거 아껴둘 거다? 더 크게 성공하면 그때 크게 쏴. 오늘은 여기까지 왔으니까 여기서 편하게 먹고."

문성이 형은 아예 셔터를 내리고 직원들을 퇴근시키는 쪽을 택했다.

"괜찮겠어?"

"어차피 평일이라 손님도 없어. 괜찮아."

음, 아무래도 이런 식으로 영업하다간 오래 못 갈 것 같은데.

하지만 문성이 형은 뭐가 그리 좋은지 연신 싱글벙글이었다. 오래 기다리지 않아 얼큰한 곱창전골과 모듬 구이 세트가 나왔다. 8인용 테이블에 가득한 안주가 보기만 해도 배가 부를 지경이었다.

"꺄!"

영미 씨가 즐거운 비명을 내지르며 곱창을 집어먹기 시작했다.

간단한 안부 인사가 후에는, 주로 내 근황 얘기가 오갔다. 드라마는 어땠고, 송문교는 여전하고, 영화 오디션을 최근에 보았으며, 독립영화에 들어갈 것 같고.

그러면서 나는 문성이 형의 눈치를 계속 살폈다.

이유는 간단하다.

〈양치기 청년〉에는 문성이 형에게 어울리는 개성 강한 역할이 존재했으니까. 추천해 주고 싶었다. 하지만 내가 먼저 이야기를 꺼내지는 않았다.

'내가 뭐라고.'

멀쩡히 자기 인생을 사는 사람을 설득해, 인생에 헛바람을 집어넣을 수는 없으니까.

그런데.

"……재밌겠네."

문성이 형의 얼굴은 예전과는 조금 달랐다. 조금씩 승승장구하고 있는 내 모습이 부러운 듯 보이기도 했고, 자신의 신세가 안타까운 것처럼 보이기도 했다.

"이제 성공하는 일만 남았구나."

숨기려고 하지만 숨길 수 없는 씁쓸함이 느껴진다. 하지만 그 속에는 '욕심'이 있었다.

내가 송문교에게 배역을 달라고 했을 때와 같은 상황. 나와는 다르게 혹시 자존심 때문에 말을 꺼내지 못하는 게 아닐까, 싶은 생각이 스쳐 지나갔다.

자존심, 그깟 게 뭐라고.

나는 분위기를 반전시키기 위해 운을 뗐다.

"형이 연기하는 모습 보고 싶었는데…… 내가 말했잖아. 우리 동기 중에서 형만큼 연기하는 사람 없었다고."

"그건 그렇지. 문성이가 연기는 곧잘 했지."

재익이 형이 정확한 타이밍에 들어왔다. 아주 적합한 질문과 함께.

"근데, 문성이 너는 다시 연기하고 싶은 생각은 없는 거야?"

문성이 형이 그런 재익이 형을 말없이 물끄러미 바라보았다. 입술을 옴짝달싹하며 어떻게 말해야 할지, 수없이 고민하는 기색이 역력하다.

그때, 내가 지나가듯 말했다.

"아무래도 형 영업에는 소질 없어 보이는데."

조금은 장난스럽게.

"나랑 같이 영화 안 할래?"

문성이 형이 나를 지긋이 바라보았다.

"……."

시선이 허공에서 부딪혔다.

형도, 나도 어쩌면, 이 순간을 기다려 왔는지도 모르겠다.

찰나의 침묵이 지나고 문성이 형은 어색하다는 듯 헛기침을 했다.

"크흠흠."

그때, 곱창집 한구석에 비치된 TV에서는 〈청춘 열차〉 종방 특집으로, 방송을 전체적으로 돌아보는 리뷰 코너가 흘러나왔다.

조용한 침묵이 흐르는 곱창집 내부.

〈스타 인사이드〉 리포터의 멘트가 폐부를 찌르듯, 날카롭게 꽂혀왔다.

-청춘이라는 이름의 열차를 타고 젊은이들의 현실을 대변했던 드라마, 〈청춘 열차〉. 2018년 올 한해, 청춘이라는 이름에 걸맞는 훌륭한 여행을 한 번 떠나보는 것은 어떨까요?

그리고 문성이 형이 입술을 깨물며 말했다.

"……해볼까?"

기막힌 타이밍이다.

곱창 먹는 것에 열중하던 영미 씨는 젓가락을 내려놓고 우리들의 대화에 주목하기 시작했다. 그러고는 마치 영화감독이라도 된 듯, 손가락으로 ロ 모양을 만들어 문성이 형을 관찰하기 시작했다.

"엇."

문성이 형의 당황스러운 리액션은 덤.

관찰을 마친 영미 씨가 이내 짤막하게 평했다.

"칙칙한 그런 옷은 벗어던지고, 차라리 분홍 계열이나 샛노랑 계열로 입고 다녀 봐요. 우중충한 이미지는 사라지고, 어리숙하면서도 친숙한 이미지가 생길 것 같은데. 세이무어 호프먼 같은."

나와 재익이 형이 동시에 눈을 맞추었다.

지금 뭘 들은 거야?

"영미 씨. 지금 생판 처음 보는 남에게 조언해 준 거야?"

"그럼 안 돼요?"

"아, 아니 그런 건 아닌데…… 영미 씨, 생각보다 다정한 여자였구나."

재익이 형이 신기하다는 듯 중얼거렸다. 그러고는 진지한 얼굴로 듣고 있는 문성이 형에게 말했다.

"영미 씨가 좀 무뚝뚝해 보여도 이 방면은 프로야. 한번 믿어 봐."

"아……."

전속 스타일리스트가 붙어본 적이 없는 문성이 형은 아마 이 자리가 끝나면 바로 옷을 주문하지 않을까.

알록달록 무지개색 맨투맨들로.

내가 〈양치기 청년〉 대본을 흡수하고, 문성이 형이 했으면 좋겠다고 생각한 배역의 이름은 '마동철', 주인공 '허영탁'의 친구이자 삼류 양아치 패거리의 일원으로, 멍청하지만 깊은 우정을 보여주는 개성 강한 캐릭터다.

영미 씨의 말대로 형형색색의 유치한 무늬가 그려진 맨투맨을 입고 어딘가 어수룩한 양아치를 연기할 문성이 형의 모습을 떠올렸다.

어울린다, 상상만 해도 웃음이 터질 만큼.

"일단 형 프로필 있으면 나한테 보내줄래? 박진우 연출한테 보내줘야 할 것 같아서."

"알았어. 근데…… 오디션도 준비해야 하나?"

"음, 그건 모르겠네. 혹시 모르니까 준비하는 게 좋을 것 같은데?"

"아, 알았어."

오디션이라는 말에 긴장하지도 않는다. 오히려 문성이 형은 조금 단단해진 얼굴로 내게 말했다.

"고맙다. 재희야."

나는 오글거리는 것 같은 이 느낌이 싫어 고개를 부르르 떨며 콧등을 긁적였다.

"됐어."

내가 정말 힘들 때, 형이 소주 한잔 사주지 않았다면 어쩌면 나도 연기를 포기했을지도 모른다.

"내가 더 고맙지."

당장 문성이 형이 전업 배우가 되지는 않을 것이다. 회사가 있는 것도 아니고, 어딘가에 얽매여 있는 것도 아니다. 그렇다고 드라마 촬영처럼 회차가 많아 일상생활이 불가능한 것도 아니다.

평소와 다름없이 천호동에서 곱창집을 운영하며, 촬영이 있는 날에는 매니저도 없이 직접 운전해 촬영장에 와 촬영을 하고, 없는 날은 그의 일상을 살 것이다. 그러다 어쩌다 '빛'을 볼 수 있다는 확신이 들면 본인 스스로가 선택할 것이다.

아, 연기를 계속해야겠다.

돌아갈 곳 없는 신인의 조급함에서 벗어나, 오히려 현장과 떨어져 살며 더 여유를 가지는 것이다. 그것이 문성이 형에게 가장 좋은 방법이라고 생각한다.

나는 그저 그토록 갖길 원하던 '기회'를 제안했을 뿐이다.

독립영화에서나 왕 노릇이지, 여기서는 쥐뿔도 없다.

"먼저 올라가 있어, 나는 볼일 좀 보고 들어갈 테니까."

"무슨 볼일이요?"

〈피서〉의 대본 리딩이 있는 날이다.

주연이 아니라는 점에서 가벼운 마음으로 영화사 사무실을 찾았건만, 회사 입장에서는 그게 아닌 모양이다. 재익이 형이 법인 카드를 꺼내 들었다.

"마음은 가볍게, 양손은 무겁게. 금방 따라갈게."

나는 먼저 영화사 동방불패 사무실로 들어섰다. 사무실 내부는 이미 사람들로 가득했다.

입구를 가득 채운 매니저들부터, 천만 감독의 차기작을 취재하러 온 소수의 기자들까지.

"잠시만 지나가겠습니다."

사람들 틈을 비집고 안으로 들어서자, 기자들이 나를 두고 술렁거렸다.

"어디서 본 것 같은데, 누구지?"

"도재희잖아. '청춘 열차.'"

매니저들 틈 사이에서 박찬익 팀장이 내게 손을 흔들어 보였다.

"어어, 여기."

"아, 먼저 와 계셨네요?"

"그럼 당연하지. 여기 인사해. 이쪽은 스타매거진의 오채연 기자. 우리 L&K 출입 기자고 종종 현장 따라다니면서 기사 써 줄 거야."

여리여리한 체구, 흰색 블라우스에 검은색 치마, 기다란 머

리는 뒤로 질끈 묶은 채, 동그란 안경을 고쳐 쓰며 호기심 가
득한 시선으로 나를 올려다보는 오채연 기자.

그녀가 내게 명함을 내밀었다.

"실물이 훨씬 잘생기셨네요? 스타매거진 오채연입니다."

"아, 도재희입니다."

오채연이 눈웃음을 지어 보이며 물었다.

"'청춘 열차' 잘 봤어요. 연기 너무 잘하시던데요. 슬슬 활동
을 시작하시는 것 같은데, 다른 영화도 들어가신다면서요?"

"아, 네."

"공식 기사 나간 것은 없는 것 같은데, 언제 시간 내서 천천
히 얘기나 나눠볼까요?"

첫인상은 굉장히 도도해 보이는 여성이라는 것과 사무적인
목소리에서 욕심이 느껴진다는 정도다.

나는 박찬익 팀장을 바라보았다. 박찬익 팀장은 괜찮다는
제스처를 취해 보였고, 나는 얼떨결에 고개를 끄덕였다.

"아, 네."

"좋아요."

그러자 아주 만족스러운 미소를 지어 보인다.

L&K 출입 기자라면 어쨌든 앞으로 자주 만나게 될 터였다.

"만남이 기대되네요."

"……"

저돌적인 타입인가? 단독 기사를 향한 욕망이 가득해 보이는 얼굴인걸.

"그럼 들어가 봐."

덜컥.

리딩실 문을 열고 들어가자, 긴 8인용 테이블이 겹겹이 붙어 있고, 그곳에는 배우들 몇이 듬성듬성 마주보고 앉아 있었다.

"안녕하세요."

대부분 얼굴을 모르는 단역배우들이었다. 아직 주조연급 배우들은 나타나지 않은 상황이었다.

간단하게 인사를 나눈 뒤, 내 자리에 가서 앉았다.

'망고 役(역) 도재희.'

대본과 함께 물 하나가 덩그러니 놓여 있었다. 오래 기다리지 않아, 배우들이 들어오기 시작했다.

매체를 가리지 않고 다작(多作)하기로 유명한 임명한 선생님을 필두로, 수많은 영화에서 감초 역할을 하던 40대 선배님들이 뒤따라 들어섰다.

"아이고! 안녕하십니까!"

나와 같은 날에 비공개 오디션을 치렀던, 눈에 익은 조연들까지. 그야말로 영화의 한 장면을 보는 듯한 착각에 빠져들 만한 '진짜 배우'들의 등장이었다.

"안녕하십니까, 신인배우 도재희입니다!"

나는 선배님들이 들어올 때마다 자리를 박차고 일어나 고개를 숙였지만, 애석하게도 나를 알아보는 사람은 없었다.

모두.

"어어, 그래요. 반가워요."

형식적인 인사말이 전부였다.

미니시리즈의 시청자층은 확고하다. 20, 30대 여성 위주로 '잠시' 인기몰이를 했던 내 인지도의 명백한 한계. TV를 보는 것보다, 카메라 앞이 익숙한 선배님들에게는 나는 그저 햇병아리일 뿐이다.

나는 기회가 오기를 잠자코 기다렸다.

테이블이 점점 채워지더니, 마지막에 한만희 감독과 조승희, 그리고 특수 검사 역할의 임강백이 커피를 손에 든 채 들어섰다.

"아이고, 늦었습니다."

"어이! 우리 한 감독님, 이거 너무 오랜만에 불러주시는 거 아닙니까? 하하!"

"선생님이 제 영화에 출연해 주셔서 영광입니다."

"뭘, 한 감독 영화라면 무조건 찍어야지. 잘 부탁합니다. 감독님."

"하하하."

한만희 감독과 안면이 있는 선배님들은 저마다 자리에서 일어나 반갑게 인사했다. 하지만 나는 꿔다놓은 보릿자루처럼 그 자리에 서 있는 것이 전부였다. 이들에게는 고작 오디션으로 합격한 신인배우일 뿐이다.

그때 문이 열리며 매니저 몇몇이 안으로 들어왔다. 손에는 저마다 박스를 하나씩 들고 있었는데, 물과 대본만이 덩그러니 놓여 있던 테이블 위에 자신들이 준비한 간단한 과자며, 떡, 사탕, 음료 등을 올려놓기 시작했다.

"이것 좀 드시면서 하십시오."

"저희 애 잘 좀 부탁드리겠습니다."

이 역시 한만희 감독이 나타나기만을 기다리며 준비했던 철저한 '보여주기'였다. 그중에는 떡을 돌리는 재익이 형도 있었는데, 재미난 일이 일어났다.

"재희 씨? 도재희가 누굽니까?"

임명한 선생님이 난데없이 떡을 들어 올리며 내 이름을 호명했다. 나는 황급히 자리에서 일어나며 말했다.

"아, 반갑습니다. 선생님, 신인배우 도재희라고 합니다."

연기 경력만 30년이 훌쩍 넘어가는 원로배우.

임명한 선생님은 그저 나를 호기심 가득한 시선으로 바라볼 뿐이었지만, 혁혁한 무형의 기운이 느껴졌다. 그것도 잠시. 금세 인자한 얼굴로 변하며 말했다.

"아아. 망고 역할로 출연하는 모양이네요. 잘 어울리네. 떡

잘 먹을게요."

그러고는 떡을 들어 올리며 흥미로운 웃음을 지어보이셨다.

응…… 떡?

나는 내 앞에 놓인 떡을 들어 올렸다. 떡에는.

망고 역할을 맡은 신인배우 도재희 입니다! 열심히 하겠습니다!

이런 문구와 함께 내 캐리커쳐가 붙어 있었다.

아, 이런 건 또 언제 준비한 거야.

나는 재익이 형 쪽을 바라보았다. 구석의 낡아빠진 의자에 앉아 잠자코 손을 무릎 위에 올려놓고 있던 형이, 나와 눈이 마주치자 엄지를 들어 보였다. 나 역시 미소를 띤 얼굴로 화답했다.

형, 고마워.

그런데 이 작은 패스가 장내 분위기를 반전시키는 중요한 스루패스가 되어 돌아왔다. 화두에 오른 내 이름을 용케 기억하고 있던 조승희가 나를 가리키며 말했다.

"이 친구, 오디션 볼 때 제가 옆에 있었는데 연기 재밌게 잘 해요. 아마 보시면 깜짝 놀라실 겁니다."

신인배우에게는 더없이 좋은 칭찬이었다. 거기다 한만희 감독도 그제야 내 얼굴이 기억난다는 듯 손뼉을 치며 말했다.

"아! 얼마 전에 끝난, 그…… 드라마에 출연했던 친구 맞죠?
L&K에."

"네. '청춘 열차'입니다."

"아, 그래 그거. 그래요……. 오늘 잘 부탁합니다."

"네!"

약소하지만, 이만하면 더없이 훌륭하지 않은가.

젊은 단역배우들이 〈청춘 열차〉라는 단어에 반응하며 내
얼굴을 주시했고, 선배님들은 저마다 호기심 가득한 시선을
내게 던졌으니까.

"너무 긴장하지 마."

그때 조승희는 이 상황이 재미있다는 듯 이번에도 치명적인
미소를 지어보였다.

"감사합니다."

분위기는 전체적으로 여유로웠다.

영화 시나리오는 대사보다 지문이 많기 때문에, 빨리 읽어봐
야 한다는 조급함이 없었다. 드라마 리딩 현장처럼 급박하게
돌아가지 않았고, 한만희 감독과 임명한 선생님을 중심으로 조
승희와 임강백이 한 마디씩 곁들이며 분위기가 이어졌다.

'리딩'보다는, 다과회 같은 분위기.

내가 어딘지 모르게 불편한 이 분위기에 눈치만 살피고 있

을 때였다.

딱, 한 마디에 분위기가 일순간 바뀌었다.

"그럼 이제 슬슬 읽어볼까요?"

한만희 감독의 입에서 튀어나온 한 마디.

분위기 전체가 180도 뒤집히는 순간이었다. 현장이 주는 기백 자체가 〈청춘 열차〉 때와는 확연하게 다르다.

눈빛, 호흡, 몰입도, 어느 것 하나 흐트러짐 없이 장내가 조용해지더니, 모두들 대본을 뚫어져라 바라보기 시작했다.

리딩이 시작된 것이다. 그리고 이 프로 배우들은 온몸으로 자신이 준비해 온 배역을 '뿜어'내고 있었다.

"신 1. 인천항 부두. 검은 바다가 일렁이고 스산함이 불어오는 늦은 새벽. 간혹 들려오는 먼 뱃고동 소리. 불빛 하나 없는 컨테이너 사이를 걷는 남자의 뒷모습. 카메라 돌아가고. 자! 여기서 패닝(Panning; 좌우로 카메라를 돌리는 행위) 들어갑니다. 남자, 이내 멈춰 선다. 담배에 불을 붙이며 여유로운 얼굴로."

"나와."

조승희의 대사를 시작으로 찰칵찰칵, 조용한 적막에 카메라 셔터가 울려 퍼졌다. 하지만 조승희의 집중도는 한 치의 흐트러짐도 없었다. 오히려 더욱 차분해졌다.

"부스럭거리는 소리와 함께 등장하는 '사부.'"

"언제 도착했어?"

"아, 지금 막. 사부는 계속 기다리고 있던 거야?"

임명한 선생님과 조승희가 맞붙었다. 보이지 않는 기(氣)라도 뿜어져 나오는 듯한 느낌. 그리고 '피서' 일당의 조연들이 하나둘 등장했다.

"어이. 왔어?"

"이야, 얼굴 까먹겠네."

안정적이다. 그 누구 하나 튀려고 하지 않고, 자신의 역할에 맞는 연기를 보여주고 있다.

그리고 이제 내 차례, 거장과 대배우 앞에서 선보이는 첫 연기다.

나는 호흡을 가다듬고 차분히 말했다.

"아이, 대장. 지금이 대체 몇 신데 이제 오는 거야?"

장내 가득 퍼져 있는 동료 배우들의 호흡을 마시고, 나는 한 템포 더 끌어올리며 말했다.

"기다리느라 지겨워 죽는 줄 알았네."

시작이다.

9장

어서 와,
영화는 처음이지? (1)

기류가 미묘하게 달라졌다. 큰 변화가 있는 것은 아니었지만 한만희 감독이 내 쪽을 주시했고, 임명한 선생님은 흡족한 듯 옅은 미소와 함께 고개를 끄덕이셨다.

　주변 배우들이 나를 궁금해하는 모습이 곁눈질로 느껴질 정도. 아직은 딱 그 정도만.

　조승희는 내가 당긴 템포를 그대로 받으며 대사를 이어나갔다.

　"작업 들어갈 준비들 해."

　그는 연기의 달인이라 불러도 손색이 없을 만큼 세련된 화술을 구사했으며, 상대방 호흡을 가져오는 센스는 그야말로 어떤 '경지'에 이른 듯 보이기도 했다.

"모두 내가 정한다. 타겟, 배우섭외, 방법, 도주로. 모두 다."

대사도, 리딩도 〈피서〉 자체를 이끌어 가는 사람은 결국, 조승희였다. 하지만 누구에게 자극이라도 받았는지, 아니면 조승희 앞에서 잘 보이고 싶었는지, 마치 불이라도 붙듯 조연들의 리딩 분위기가 한껏 달아오르기 시작했다.

"내, 내가 말했잖아! 나는 아니라고, 정말 나는 모르는 일이라고!"

"입 닥쳐! 니네 한패인 거, 내 다 아는데 발뺌하면 모를 줄 알아!"

연기 배틀이라도 하듯, 너나 할 것 없이 열연을 선보이며 장내 분위기는 점점 더 고조되었다. 그건 마치 '내가 더 잘해!'라고 외치는 것 같았다.

흥분한 배우들에 덩달아 카메라 셔터 누르는 소리가 점점 잦아졌고, 배우들은 목에 핏대를 세워가며 침을 튀겼다.

하지만 고조된 열기에 반해 리딩 현장은 매끄럽지 못했다.

"잠시만, 끊고 갈게요."

자신이 컷을 따먹어야 하는 장면임에도 불구하고, 그 준비가 부족한 배우들이 눈에 띈다.

이를테면,

"어차피, 그놈 못 잡으면 누군가는 피 보는 거지 않습니까. 차라리 제가…… 아, 다시 할게요."

조각과도 같은 꽃미모를 자랑하던 임강백은 30대 후반이 되어서도 그 외모는 여전했지만, 오히려 연기력은 감퇴된 듯 보였다.

개성 강한 배우들이 대거 몰려 있는 '피서 일당'에게서는.

"과해요. 감정 조금 줄여요."

오히려 '투머치'한 연기가 많았다.

"너무 과한데. 옆에서 그렇게 울어버리면 주연 다 죽겠어요. 볼륨 좀 줄여요."

장내의 모든 사람들이 느낄 수 있었다. 분위기가 점점 두 사람에게 쏠리고 있다는 것을.

조승희와 임명한.

"어지간히 설쳐야 윗사람들도 찌른 돈 받아먹고 예뻐하는 법이지. 개새끼가 자꾸 고개를 쳐들면 복날 개 잡듯이 끌려가는 수가 있다."

"그 개새끼 몸집이 너무 커져서, 주는 밥으로는 감당이 안 되는 걸 어떻게."

마치 늙은 용과 저돌적인 호랑이의 싸움을 보는 듯했다. 조연들이 제아무리 날뛰어도, 결국 이 둘을 따라가지 못했다.

그저 황망히 바라만 볼 뿐.

"대박."

속으로 감탄만 연신 뱉으면서.

그리고 난 그 틈에서 미세하게 존재감을 드러냈다.

"아, 그게…… 죄, 죄송합니다. 저는 사실 아무것도 모르거든요. 그냥 평범한 회사원이라…… 반도체요."

조용히 '망고'가 가진 매력을 최대한으로 살리는 것.

극 중에서 남을 속이는 '배우'이자 '미끼' 역할을 하는 망고는 다양한 매력을 보일 수 있는 것이 가장 큰 장점이다.

"사람 잘못 보셨어요. 제가 어디 자해공갈이나 하는 양아치로 보이십니까? 멀쩡한 대학생이라고요. 자, 보세요. 서울대학교 과복. 보여요? 그것도 법과대학이라고."

나는 회사원, 대학생, 자해를 위장한 보험 사기꾼. 여러 배역들을 오가며 묵묵하게 내 맡은 대사를 소화했다.

하이라이트 신.

중국에서 붙잡히며 바닥에 머리를 처박고 욕지기를 뱉는 장면에서는.

"이런 개에에에에새끼! 감히 날 버리고 도망을 쳐어! 뒤지고 싶지이!"

이마에 핏줄이 돋아날 만큼 몰입을 해버렸고, 임명한 선생님이 웃음을 터뜨렸다.

"푸흐흐. 저 친구 재밌네."

"그렇죠? 제가 말했잖아요, 선생님."

"드라마 뭐 했다고?"

〈양치기 청년〉에 비해 〈피서〉를 준비하는 과정은 노력과 연구가 필요했다.

대본에 '망고'에 대한 캐릭터 설명이 구체적으로 서술되어 있지 않아, 한만희 감독이 집필했던 당시 머릿속에 떠도는 정보들을 유추해 하나로 취합해 내는 과정이 어려웠다.

그래서 오히려 한만희 감독이 디자인한 '망고'에 대한 연기를, 내 의지대로 보다 더 익살스럽게 표현했다. 결국, 망고도 누군가를 연기하는 인물이니까.

조금 더 만화같이, 어디서 보기 힘든 캐릭터로. 그리고 이 방법은 주효했다.

"아, 좋은데요? 다음 신!"

한만희 감독이 글을 쓰면서 상상했던 '망고'의 모습. 그 모습과 최대한 가까우면서도 내 오리지날리티가 남아 있는 캐릭터를 두 눈으로 확인한 것이다.

한만희 감독은 연신 흐뭇한 미소를 지으며 나를 바라보았다.

어느새 리딩은 종장에 이르렀다.

"마지막 신. 피서가 빼돌린 돈다발들이 부둣가 모래사장 위에 휘날린다. 동시에 CG로 스크린에 총피해금액 카운트 되면서, 허망한 피서의 얼굴, 타이트 바스트. 경찰차 사이렌이 울려 퍼지고, 손목에는 수갑이 덩그러니. 라스트 컷 하늘로 틸업 되면서, 페이드 아웃. 엔딩 크레딧."

장장 2시간 가까이 치러진 대본 한 권짜리 리딩. 한만희 감독의 디렉팅이 중간중간 들어가서 더욱 늦어진 감이 없잖아 있지만, 이만하면 평화롭게 끝난 셈이다.

"끝났습니다."

"수고하셨습니다!"

"휴우!"

한만희 감독 역시 지친 기색이 역력했다.

"고생들 하셨으니까 10분만 쉬었다 다시 모일게요."

리딩이 끝나고 쉬는 시간이 주어졌다. 배우들이 땀을 닦으며 자리에서 일어나 늘어지게 몸을 풀었다. 다들 피곤해 보였지만 표정만큼은 좋았다.

"재밌는데?"

"그렇죠? 대사들이 은근히 입에 붙지 않아요?"

전체적인 반응은 딱 세 가지였다.

첫째, 〈피셔〉의 시나리오가 텍스트가 지닌 힘에 비해 의외로 재밌다.

둘째, 명불허전, 임명한 조승희. 자타공인 연기 신들과 함께한 리딩.

"연기 정말 잘하시지 않아? 독백하실 때는 소름이 쫙 돋았다니까?"

"내가 임명한 선생님이랑 같은 작품에 출연하다니. 마치 역사의 한 페이지를 장식하는 것 같은 기분이야."

그리고.

"도재희라고 있어요. 생각보다 너무 잘하는데요?"

구석에서 어느 여기자의 목소리가 절묘하게 터져 나왔다. 고개를 돌리니 조금 전 나와 인사를 나누었던 오채연 기자가 통화하고 있었다.

"전혀 기죽지도 않고 대사도 완벽하게 외워서 하더라고요 연기도 확실하…… 아, 잠시만요. 나가서 받을게요."

사람들의 시선이 집중됨을 느끼자, 곧바로 리딩실을 빠져나가 버렸다.

마지막 셋째, 나.

임명한, 조승희 사이에서 그 존재감을 비집고 올라온 배우. 어디서 본 것 같기도 하지만, 누구지? 라는 다수의 의문을 끌고 다녔던 신인.

질투, 호기심, 경계. 다양한 시선들이 뒤섞이며 내게 꽂혔고 내 이름이 일순간 화제에 올랐다. 그리고 호기심을 참지 못하고 내게 말을 건 남자.

"아, 저기."

나와 같은 '피셔 일당' 중 '메기' 역할을 맡은 배명우가 내게 다가와 물었다.

"재희 씨라고 했나요?"

"네, 선배님. 말씀 편하게 하십시오."

배명우.

30대 후반의 코믹전문 배우.

"아아 그럼 그럴까요? 자주 보게 될 테니까. 그래요. 연기 재 밌게 잘하던데, 학교는 어디 나왔어요? 아, 참. 연기전공?"

"아, 저는 가양대 나왔습니다."

연극영화과는 지방에도 강세인 학교가 존재하지만, 내가 다 녔던 학교는 딱 '이류'를 벗어나지 못하는 지방 사립대학교다.

"가양대? 아, 거기 수원에 있던가?"

"네."

"신기하네. 그 학교 출신 이 바닥에서 흔치 않은데."

내 학교 동기들 중, 지금까지 연기를 하고 있는 사람은 거의 없다. 선배 중 앞서나가 길을 닦아놓은 사람도 없을뿐더러, 대 학로에서 연극하는 친구들 몇 명을 제외하고는 대부분 연기를 그만두고 각자의 삶을 살아가고 있다.

"난 명성예대 나왔거든."

영화감독, 배우, 작가, 가수. 직종을 가리지 않고 수많은 연 예인을 배출한 명문 예술대학. 연예계에 학벌로 이루어진 라인 이 있다면, 그에 가장 가까운 학교다.

초면에 다짜고짜 학벌을 물어온다면, 이 정도 자부심을 가 지고 있기 때문일 것이다. 그런데 의외다. 명성예대는 얼굴 보고 뽑는다는 소리가 있을 만큼 선남선녀가 모이는 곳인데.

나는 배명우를 훑어보았다.

170cm가 안 되는 작은 키에, 험상궂게 생긴 인상과 배우.

아무리 봐도, 명성예대와는 어울리지 않는데?

하지만 이런 내 생각을 무시하듯, 그가 잇몸을 드러내며 활짝 웃어 보였다.

"알지? 우리 학교 비주얼 좋은 거? 비주얼 보고, 나는 우리 학교 후배인 줄 알았지."

"……."

아, 그러세요.

배명우가 물었다.

"담배는 피우나?"

조금 잘난 척하는 것을 제외하고, 배명우는 인간적으로 괜찮은 사람이었다.

"실은 전작 끝내고 이미지 변신을 하고 싶었는데, 그게 잘 안 됐어."

무명 시간도 길었고, 굴곡 있는 배우 인생을 살았던 배명우. 그의 치명적인 단점은, 하나의 색뿐인 단색 배우라는 것이다.

정형화된 코미디 연기. 매번 똑같은 연기에, 비슷한 배역만 소화하는 배우다.

하지만 재밌는 것은 강점에는 완벽하게 특화되어 있어 줄곧 작품 콜은 들어오는 편이라고 한다.

"그래도 요즘같이 일 끊이지 않고 들어오면, 이미지 변신 안 해도 살만해."

어찌 되었건, 조승희를 제외한 '피셔 일당' 중 가장 유명한 배우임은 틀림없는 사실이다.

"재희 씨는 어때? 하고 있는 작품은 있고?"

"얼마 전에 드라마 한 작품 끝냈습니다."

"그 미니시리즈? 이야, 고생했겠네. 나는 드라마는 도저히 못 하겠어. 힘들잖아. 그거 어떻게 해?"

배우가 드라마보다 영화를 선호하는 것에는 여러 이유가 있겠지만, 기본적으로 드라마는 힘들기 때문이다.

"난 영화가 좋아. 드라마는 못해."

120분 러닝 타임을 세세하고 심도 있게 찍는 영화가 '수공예품'이라면, 드라마는 아무래도 허겁지겁 라이브 스케줄로 찍어내는 공산품의 냄새가 강하게 나니까.

"올라갈까?"

배명우는 담배를 비벼끄고 몸을 돌렸다.

하지만 금세 걸음을 멈출 수밖에 없었다.

끼익.

흡연장으로 쓰이는 실내 건물 베란다의 문이 열리며, 한만희 감독과 임명한 선생님, 그리고 조승희에 임강백까지 줄줄이 베란다 안으로 들어선 것이다.

"아이고, 감독님."

배명우가 넉살 좋게 인사를 건넸다. 그에 반해 나는 인사만 하고 잠자코 베란다를 나서려고 했지만, 조승희가 난데없이 내게 손을 들어 올렸다.

'응?'

내가 머뭇거리자, 조승희가 손을 두어 번 흔들었다. 마치 하이파이브라도 하라는 듯해서 내가 어색하게 손을 가져다 대자, 조승희는 내 손뼉을 짝! 소리 나게 치고는 내 손목을 강하게 붙잡았다.

"어디가? 담배 피러 나온 거 아냐?"

"아, 폈습니다. 선배님."

"형이라 부르라니까."

"······네, 형님."

내가 귀여워 보였는지 조승희는 큭큭 거리며 내 팔을 놓아주었다.

"이거 피고 같이 들어가자."

"······아, 예."

조승희가 내 등을 툭, 두드리며 말했다.

"기죽지 마. 왜 이렇게 얼어 있냐?"

딱히 기가 죽은 것은 아니다. 감독님과 대선배님 앞에서 연기 외적인 부분으로 튀고 싶지 않기 때문에 행동을 조심하고 있을 뿐. 하지만 거칠 것이 없는 톱스타에게는 내 모습이 기죽은 강아지처럼 보인 모양이다.

"기죽을 필요 없어. 배우가 연기 잘하면 그놈이 형이지. 안 그래요, 감독님?"

한만희 감독이 나를 바라보며 흡족한 듯 고개를 끄덕였다.

"그럼. 망고가 쉬운 역할이 아니거든. 그런데 아주 제대로 살려줬어."

"들었지? 그러니 허리 펴고 편하게 담배 펴도 돼."

조승희가 내게 담배 한 대를 건네주었다.

피웠다 끊기를 반복하는 담배지만, 이런 상황에서 굳이 빼고 싶지는 않아 담배를 입에 물었다.

담배 맛은 약간 쌉싸름한 멘솔 향이었는데, 불을 붙이려다 따가운 조승희의 시선에 고개를 돌렸다.

"너 오늘 스케줄 괜찮아?"

조승희는 뭐가 그리 즐거운지 나를 보며 싱글벙글 웃고 있었다.

"예? 아, 네. 괜찮습니다."

"그래?"

내 대답에 조승희가 담배 연기를 쭈욱 들이키고는 재떨이에 비벼끄며 말했다.

"감독님. 오늘 회식 어떻습니까?"

느닷없는 조승희의 회식 제안.

"회식? 회식은 따로 날짜 잡으려고 했는데…… 오늘이요?"

그러자 조승희가 내 쪽을 흘기며 말했다.

"예."

나…… 때문인가?

"뭐, 나야 괜찮은데…… 승희 씨 스케줄은 괜찮고?"

"저 요새 백수 아닙니까. 하하. 슬슬 저녁 시간도 되었겠다, 다들 모여서 인사라도 할 겸. 미룰 필요 없지 않을까요? 제가 쏘겠습니다."

"응? 좋지 그럼. 선생님은 괜찮으십니까?"

"아, 나야 한 감독이 가면 따라가야지. 배우는 감독이 가자면 가는 사람이 아닌가?"

"아이고 선생님. 제발 그런 농담 하지 마십시오. 강백 씨는 어때요?"

"괜찮습니다."

덜컥 이 자리에서 회식이 잡혀버렸다.

조승희가 내게 말했다.

"참석할 거지?"

나는 얼떨결에 고개를 끄덕였다.

"……예."

이 사람 왜 이래.

사실 나만 하더라도 예전처럼 평범하게 거리에 나설 수 없다. 소수긴 하지만 나를 알아보는 사람이 존재했고.

"도재희다!"

아주 가끔, 별생각 없이 찾은 편의점에서 교복을 입은 소녀들을 만나 곤란했던 적도 몇 번이나 있었으니까.

헌데, 스타 군단이나 다름없는 〈피서〉팀이 홍대 거리에 나타나면 어떨까. 조승희야 두말할 것도 없고, 임강백도 십 년 전부터 대한민국 몇 대 얼짱으로 손꼽히며 미남 배우로 이름을 떨친 배우. 모르긴 몰라도 길거리에 비명을 내지르며 얼굴을 붉히는 여자들이 상당할 것이다.

나는 당연히 회식자리는 사람 많은 홍대를 벗어나 외곽으로 빠질 것이라 예상했지만, 등잔 밑이 어둡다는 건가?

도착한 곳은 동방불패 사무실에서 멀지 않은 마포구 동교동 중심에 위치한 조그만 상가 횟집이었다.

하지만 생각보다 안전한 구조로 되어 있다. 지하주차장에 차를 주차하고 엘리베이터로 이동하니, 횟집이 있는 3층까지 그대로 직행했다. 여기에서 일반인들을 마주할까 봐 전전긍긍하는 사람은 햇병아리인 나뿐인 듯했다.

"이 집 물회가 기가 막히다고!"

조승희나 임강백은 매번 있어왔던 일이라, 아무렇지도 않다는 반응.

비싼 임대료를 피해 3층에 지어진 횟집에 손님이 많겠나 만은, 정말 아무도 없었다. 알고 보니 한만희 감독님이 자주 찾던 횟집이라 저녁 시간을 전체 대관했다고 한다.

횟집 사장님은 신난다는 얼굴로 서비스라며 이것저것 테이블에 올려주셨다.

"호홋! 승희 씨네? 거기다, 저기 잘생긴 청년은 드라마에서 본 청년이고."

40대의 주인아주머니도 나를 알아보셨다. 확실히 미니시리즈는 여자들에게 먹히는 장르다.

"아이고 사장님. 장사는 좀 어때요?"

"감독님. 오랜만에 오셨네요. 저희야 맨날 거기서 거기죠."

"그래서 이렇게 팔아드리려고 왔습니다. 하하!"

한만희 감독의 추천은 정확했다.

접시에 회가 가득 담겨 있는 것이 벌써부터 '다 퍼주겠다'라고 말하는 듯했다. 양념게장에, 가리비, 키조개까지. 양푼에 담긴 초무침 물회는 보기만 해도 침이 고일 정도.

"자자! 다들 오늘 고생 많았고, 일단은 편하게 마십시다!"

나는 한만희 감독님을 포함한 주연급 테이블 바로 옆 테이블에 배명우와 함께 앉았는데, 우연인지 조승희가 내 바로 옆자리였다.

"많이 먹어라."

조승희는 한만희 감독님과 이야기를 나누다가도 잠시 이야기가 멈추면, 내 잔에 소주를 따라주었고,

"이것도 먹어."

팔이 닿지 않는 곳에 있던 산 낙지도 슬쩍 내 앞에 밀어 넣어준다. 티가 날 정도로 유독 '나'만 챙겨준다.

"……"

사실 이쯤 되면 나를 좋아하는 것이 아닌가 하는 순수한 의심마저 들 정도다.

이봐요, 분명히 말해두는데 난 그쪽에는 관심 없다고.

"으흣?"

하지만 그 모습을 본 배명우는 알 것 같다는 얼굴로 고개를 끄덕였다.

"우리 후배님이 승희 씨 마음에 쏙 드는 모양이네."

"예?"

배명우는 무언가 알고 있는 눈치다.

"승희 씨 결벽증 있는 거 모르지?"

결벽증?

"더러운 거 싫어하는, 그거요?"

"아니. 저 사람 연기 결벽증이야. 그리고 그게 승희 씨를 지금의 위치로 만들어 줬지."

"연기 결벽증?"

"그래. 저 사람, 일상에서는 가끔 허술해 보여도 카메라 앞에서는 엄청난 완벽주의자야. 자기 연기에 대해서 깐깐한 것은 기본이고, 상대 배우 연기도 엄청 신경 쓰거든. 자기 마음에 안 들면 가차 없이 다시 찍자고 말해."

아, 피곤한 사람인가.

"사실 좀 무례하기도 하잖아. 제아무리 주연이라도 감독도 아닌 같은 배우가 디렉팅 한다는 게. 그래서 붙은 별명이 연기 결벽증."

캐릭터가 잡힌다.

그런 사람이 가장 좋아하는 사람은.

"승희 씨가 가장 좋아하는 유형의 사람이, 잘 생긴 사람도 아니고. 딱 연기 잘하는 배우야. 배우의 기본은 연기력이라고 생각하는 사람이지."

연기 잘하는 사람.

연기 잘하는 배우가 선후배 막론하고 '갑'이라고 말하던 그 당당함이 어디에서 나오나 했더니, 원래 성격이다. 대충 알 것도 같다. 리딩 때, 내 나름대로 존재감을 뽐냈으니 조승희에게 좋은 인상을 남겼다는 말이다.

"그래도 승희 씨가 촬영 외적인 부분에서 성격은 좋잖아. 잘 웃고 성격도 시원시원하고 남자답고 그러니까 연기 결벽증이니, 완벽주의자니 이런 얘기가 밖으로 안 도는 거고. 단점 축에도 못 끼지."

좋은 사람인 것은 확실한 것 같다.

조금…… 부담스러워서 그렇지.

"재밌는 거 하나 더 알려줄까?"

"뭔데요?"

"나도 자세히는 모르는데, 승희 씨가 좋아하는 배우들로 구성된 어떤 사모임이 있거든? 일명 조승희 '라인'이라고 부르기도 하는데. 거기 소속되어 있는 사람들이 누군 줄 알아?"

조승희 라인, 사모임?

연예계에 사모임이 많다는 얘기는 들어봤지만, 모르겠다. 감도 안 온다.

"곽철, 황미영, 유아름, 민주용, 주태호."

"……헛."

알게 모르게, 헛숨이 튀어나왔다. 열거된 배우들 모두 연기파 배우로 이름이 자자한 20, 30대 스타 배우들이다.

조승희만큼 거물은 아니지만, 요즘 영화계를 책임지고 있다고 말해도 부족함이 없는 1등급 스타들.

슬슬 얼개가 맞춰지기 시작한다.

원피스의 루피 대사와 함께.

'너, 내 동료가 되라.'

조승희가 회식이라는 핑계로 나를 자신의 옆자리에 앉혀둔 이유도 같은 맥락이었다.

전반적으로 앞으로 진행될 촬영에 대한 이야기가 오가던 회식자리는 술잔도 함께 오가며 배우와 스텝의 경계가 허물어지자, 너도나도 자리를 옮겨 다니며 인사를 나누는 분위기로 바뀌었고. 조승희는 이제 아예 내 쪽으로 등을 돌려 버렸다.

"재희야. 형이랑 다음에 어디 좀 가자."

"어디요?"

"다음에 알려줄게."

조승희가 미묘한 웃음과 함께 잔을 들어 올렸다.

"한잔하자."

To Be Continued

스켈레톤 마스터

마스터

WISHBOOKS GAME FANTASY STORY
더페이서 게임 판타지 장편소설

오직 힘으로 지배되는 세상 일루전!

"스켈레톤 소환."

└ 미친…….
└ 저거 스켈레톤 맞아요?
└ 뭐가 저렇게 세?

수백이 넘는 소환수를 지휘하는 자,
극악의 난이도를 자랑하는 직업 조폭 네크로맨서!
8년 전으로 회귀한 강무혁의 도전이 시작된다.

「스켈레톤 마스터」

"나는 이곳에서 강자가 되겠다!"

OTHER VOICES

악마의 음악

WISHBOOKS MODERN FANTASY STORY

경우勁雨 현대 판타지 장편소설

[악마의 목소리가 담긴 음악으로
세상에 행복을 줄 수 있을까?]

지미 헨드릭스부터 라흐마니노프까지
꿈속에서 만나는 역사적 뮤지션!

노래를 사랑하는 소년에게 나타난 악마.
그런 소년에게 내려진 악마들의 축복.

악마의 음악

수많은 악마의 축복 속에서
세상을 향한 소년의 노래가 시작된다.